BESTIAS Y BELLAS

BESTIAS Y BELLAS

DOCE CUENTOS DE HADAS TENEBROSOS

SOMAN CHAINANI

Del autor *best seller* de *La escuela del Bien y del Mal*

Traducción de María Martos Ripoll

Argentina – Chile – Colombia – España
Estados Unidos – México – Perú – Uruguay

Título original: *Beasts and Beauty Dangerous Tales*
Editor original: HarperCollins Children's Book, a division of HarperCollins*Publishers*, New York
Traductora: María Martos Ripoll

1.ª edición: agosto 2024

© 2021 *by* Soman Chainani
Ilustraciones © 2021 *by* Julia Iredale
Published by arrangement with HarperCollins Children's Books,
a division of HarperCollins*Publishers*
All Rights Reserved
© de la traducción 2024 *by* María Martos Ripoll
© 2024 *by* Urano World Spain, S.A.U.
Plaza de los Reyes Magos, 8, piso 1.º C y D – 28007 Madrid
www.mundopuck.com

ISBN: 978-84-19252-82-1
E-ISBN: 978-84-10159-54-9
Depósito legal: M-12.108-2024

Fotocomposición: Urano World Spain, S.A.U.

Impreso por: LIBERDÚPLEX
Ctra. BV 2249 km 7,4 – Polígono Industrial Torrentfondo
08791 Sant Llorenç d'Hortons (Barcelona)

Impreso en España – *Printed in Spain*

Para María Tatar,
por abrir la puerta…

Caperucita roja   11

Blancanieves   29

El Bello Durmiente   57

Rapunzel   79

Jack y las habichuelas mágicas   99

Hansel y Gretel   131

La Bella y la Bestia   163

Barba Azul   191

Cenicienta   217

La sirenita   247

Rumpelstiltskin   263

Peter Pan   291

EL PRIMER DÍA DE PRIMAVERA, LOS LOBOS se comen a la chica más guapa.

Avisan al pueblo de cuál quieren al arañar la puerta de su casa y al orinar en el escalón de la puerta. Nadie ve a los lobos, al igual que nadie ve el rocío antes de que este empape la hierba. Con el paso del invierno, el pueblo cree que la maldición, cautivada por la misericordia de la primavera, se ha roto, hasta que las marcas vuelven a aparecer. Como los lobos se toman su tiempo para elegir a su presa, a veces las marcas aparecen semanas antes de que se la coman, pero otras veces, solo con unos días de antelación. Sin embargo, una vez eligen a una chica, esa es suya. Ningún niño o familia les atrae. En la víspera de la primavera, los lobos aúllan para reclamar su comida y el pueblo lleva a la chica hasta la linde del bosque y se la mandan. Si no la entregan, sucederán cosas peores que la pérdida de una chica guapa, aunque nadie sabe de qué puede tratarse. Tan pronto como resuena el eco del segundo aullido desde el interior del bosque, más silencioso y satisfecho, se sabe que el trabajo de los lobos ha terminado. La gente se dispersa. Se olvidan de la chica. Es el precio a pagar por tener un tiempo de libertad.

Sin embargo, la primavera acecha.

Otro año termina.

Las casas se estremecen, pese a la neblina del ocaso y al dulce derroche de las flores. Una madre y un padre están sentados, tienen los labios agrietados y las uñas rotas, están mirando a la chica mientras roe lo que queda de carne de un hueso y el pelo castaño rojizo se le moja en el jugo que enmarca el centro del plato. Nunca pensaron que su hija correría peligro, puesto que había nacido con las extremidades larguiruchas, la nariz chata y la tez morena propia de un campesino, es decir, que era un turbio reflejo de sus progenitores. Estaban seguros de que la tendrían de por vida. Sin embargo, la belleza, al igual que los lobos, se toma su tiempo para decidir aparecer, y mientras tanto un lento y frío miedo anida en el corazón de la madre. Con el tiempo, los ojos de la chica se oscurecen como zafiros, la piel le brilla como la miel, el cuello se le estira con la majestuosidad propia de un cisne...

Aun así, cuando ve la marca en la puerta se sorprende. Había sido del montón durante demasiado tiempo. La belleza llegó como una enfermedad. Sin embargo, no presta atención a las marcas, como si no

fueran más que pintura que hay que descascarar. Morir
por esa nimiedad…

Estúpidas bestias.

Ni siquiera se asusta.

La virtud está de su parte.

Toma el cuchillo de la mesa, el que su padre usa
para cortar la carne. Los dientes de acero salivan mientras les pasa un trapo, la grasa mancha la capa que ha
tejido para la ocasión. Roja como la sangre, brillante
como el fuego. Lo va pidiendo a gritos al llevar esa capa
en un bosque, pero ya que no hay forma de esconderse
de los lobos, también podría hacer que fuera rápido.

El cuchillo le pesa en la mano.

¿Dónde puede guardarlo?

—Necesito una cesta para Abuelita —dice.

Su madre no le responde. Su padre sigue comiendo.

—La casa de Abuelita está pasado el río —continúa la chica—. Os avisaré cuando esté a salvo.

Su madre se levanta, aguanta la respiración mientras recoge los panecillos duros, la fruta madura y el queso viejo. El padre mira a su esposa. Comida desperdiciada por un objetivo vano, pero no discuten. Esta noche no. Además, su hija es tan cabezota como la madre de su esposa, el tipo de mujer que espera una cesta de toda visita, incluso de una que está huyendo de los lobos.

El sol se extingue con destellos intensos, una llama atrapada en un puño. Los lobos aúllan desde el bosque.

Es la primera vez que la chica siente miedo.

Hasta ahora, pensaba que podría ganarles de alguna manera. El ser humano contra el animal. El bien contra el mal.

No obstante, es su canto lo que la turba; un canto fúnebre de autocompasión, como si no pudieran evitarlo. Son prisioneros de su naturaleza.

Y la bondad no sirve de arma contra los poseídos.

A pesar de todo, entra en el bosque tranquila.

Hasta el último hombre, mujer y niño del pueblo la acompaña hasta la linde del bosque y esperan mientras se aleja, con las manos entrelazadas, como si estuvieran rezando por su alma. En realidad, están allí para evitar que huya.

Sus zapatos hacen crujir las pequeñas ramas del suelo, un camino incierto se abre ante ella, la ruta de las chicas enviadas a morir. Recuerda a esas chicas, que nacieron bellas, que nacieron marcadas, escondiéndose de manera furtiva por el pueblo y evitando las miradas de quienes podrían sacrificarlas. Ellas lo sabían, esas hermanas. Mucho antes de que los lobos vinieran, ellas sabían que eran carne.

El camino se estrecha, los árboles tratan de atraparla. Está acostumbrada a los caminos bloquea- dos. No son solo las bellas quienes sufren. Las otras chicas también están marcadas

por los lobos. Las chicas a las que no eligieron. Los chicos rebuscan entre ellas como si fueran sobras. Por eso, cualquier chica que se casa con uno se dedica a limpiar su desorden sin rechistar. Tiene suerte de estar viva, le recuerdan entre gritos cuando se enfadan. Suerte de que su belleza no mereciera las atenciones de las bestias. Su madre fue una de ellas, de las rescatadas de entre los restos. La chica lo veía en la cara de su padre. Todos los hombres se pasaban la vida anhelando a la chica que no pudieron tener, a la chica devorada por los lobos. Ahora estaban casados con la segunda mejor. Por eso su padre nunca está feliz. Ella se habría casado con un chico muy similar.

Aunque ya no.

Sea lo que sea lo que suceda a partir de ahora, su vida será distinta.

No obstante, por una vida distinta hay que pagar un precio.

Conlleva andar por el camino entre la vida y la muerte.

El cuchillo está escondido en la cesta. Ella divisa un brillo plateado. Que se acerquen. Así, salen de la oscuridad como la bruma, nublando el camino donde termina. Una tribu de sombras deformes, como genios invocados para cumplir un deseo. Sin embargo, son sus ojos los que los revelan, unas despiadadas y amarillas medias lunas tan viejas como el tiempo. Ella levanta la capucha roja de su capa como si fuera una armadura, retrocede…

La luz de la luna la atrapa, es la linterna del bosque.

Ellos la rodean. Chicos con pantalones de cuero negro, pechos desnudos y antebrazos tensos y con las venas marcadas. Por un momento, piensa que todo esto es una trampa: que nunca hubo lobos, solo chicos reclamando la propiedad de una chica. Una chica que se uniera a su tribu rebelde. Una princesa para un príncipe caprichoso… Sin embargo, ahora ve sus labios cubiertos de babas y el rastro de vello en la parte baja de la barriga. Huele el almizcle salvaje.

Este es el problema con los lobos. Son embaucadores. Cambian de forma para atraerte. No les basta con matarte, primero quieren jugar contigo.

—Tú decides —dice uno de los chicos, que tiene el cráneo oscuro y dientes largos. De alguna manera, sus palabras son húmedas y a la vez lastimeras, es una súplica inusual.

Entonces ve el hambre en sus ojos, en todos los ojos.

Ahora lo entiende.

Debe elegir qué lobo se la comerá.

Ese es el juego.

Sígueles el rollo, piensa.

Sobrevivir no depende de resistirse a jugar, sino de ganar.

Se toma su tiempo, los evalúa uno a uno, mientras introduce la mano en la cesta y busca a tientas el cuchillo, mira de arriba abajo sus flacas y famélicas costillas, como si hubieran estado pasando hambre durante todo el año esperando este momento. Sin embargo, hay uno que es diferente. Él, el líder de la manada, el que está escondido en las sombras con los brazos cruzados y el pecho hinchado, el que no está nada hambriento, el que parece estar realmente aburrido. Tiene la piel blanca como una perla y unos despeinados rizos oscuros, como si él fuera el mismísimo Cupido, su belleza es tan dispar a la del resto que sabe que va a ser el elegido, como siempre lo ha sido. Sin embargo, *esto no es una conquista*, dice con la mirada. Él ve al patito feo que hay dentro de ella, que la belleza la ha encontrado en lugar de ser innata. Por eso ella no sabrá tan bien. *Elige a otro*, le está diciendo. Él ya se ha saciado, pero no sirve de nada, ya que es la encarnación de la belleza y por esa misma razón sabe que ella lo va a elegir a él.

Así es.

—Idos —les dice a los otros.

Ellos gimen, pero no discuten y caminan con dificultad hacia los árboles

—Se comerán los restos —le informa el chico.

Ahora está a solas con él, que le echa un vistazo. Los fríos ojos amarillos se vuelven cálidos y dorados. Las mejillas blancas se sonrojan. Cuando los otros chicos desaparecen, vuelve a observarla. Se queda de pie. Se le hace la boca agua.

En ese momento, ve que tiene la mano dentro de la cesta.

Ella aprieta el cuchillo.

O bien él no se ha dado cuenta o bien no le importa.

—Adelante —le dice él—, cómete tu pequeño picnic. Engorda. Así sabrás mejor.

—Es para mi hermana —replica ella—. Vive al otro lado del río, con Abuelita.

Él crispa las orejas.

—El río está fuera de nuestro territorio. No conozco a las chicas que viven allí —le dice—. Seguro que no son más que piel y huesos.

—Eso no es cierto —dice la chica con un suspiro—. Mi hermana es más guapa que yo.

Los puntos rosados de las mejillas del lobo se agrandan.

—¿Es más joven o mayor? —pregunta.

—Joven.

—¿Al otro lado del río? ¿Dónde?

Ella se ríe y le contesta:

—¡A ti te lo voy a decir, claro!

Él se abalanza sobre ella y la agarra por la garganta.

—La casa de tu abuela. Dónde está. —La sangre le inunda los ojos y le sale espuma de la boca—. *Dímelo.*

—¿O qué? ¿Vas a comerme? —responde la chica—. Lo vas a hacer de todas maneras.

La levanta del suelo y la coloca por encima de su babosa mandíbula, como si fuera a devorarla de un mordisco, pero no es por ella por quien babea.

—Dímelo y dejo que te vayas.

Ella lo piensa antes de contestar:

—¿Y tus amigos?

—Me seguirán en cuanto me vaya. Tú vuelves a casa y le das un beso a Mamá y a Papá. Dímelo ya antes de que cambie de opinión.

Ella se queda callada un momento para terminar respondiendo:

—Los lobos mienten.

—Igual que las chicas demasiado atrevidas —gruñe el chico al mismo tiempo que aprieta las garras alrededor del cuello y le corta un poco—. Podrías estar inventándotelo todo para que te libere.

La sangre empieza a chorrearle por la garganta. Eso no hace que él pare. Nada hará que pare. Conseguirá que se lo diga, no importa las técnicas de tortura que tenga que inventarse.

—Sigue el río por la orilla este —le explica. Su voz suena como un susurro roto—. Hay un bosque de sauces. Cruza al otro lado y verás una cabaña en el valle.

La suelta de golpe en el suelo, luego se arrodilla y se coloca a cuatro patas encima de ella, la cara y el torso se vuelven cada vez más y más peludos, la voz es un siseo salivoso:

—Como no esté allí, te encontraré y te arrancaré los huesos. Igual que a Mamá y a Papá.

Le hace un corte con las garras en la mejilla para marcarla.

Luego, empieza a correr.

Ella no tarda en escuchar a los lobos, a quienes ha tomado totalmente desprevenidos, salir corriendo detrás de su líder.

Menudo alivio.

Siente mucho alivio mientras se aleja deprisa. No lo siente porque sea libre. Siente alivio porque ya no es guapa, tiene la mejilla marcada, la señal de una chica que se desvió del camino trazado. Se imagina las caras de su madre y de su padre a su regreso: primero de alegría, luego de lástima, porque ¿quién querría a una chica así? La ofrenda del pueblo a la que mandaron sacrificar, a la que mandaron someterse, pero que fue demasiado obstinada como para llevar a cabo su función. Chica mala, susurrarían. Había roto las reglas. Otras chicas podrían tener ideas similares. No, no, no. Mejor que se la comieran los lobos. Hasta su madre y su padre estarían de acuerdo, solo que no es a su padre y a su madre a quienes va a ver.

La casa de Abuelita está a poca distancia del oeste. Los lobos corren más rápido, por supuesto, pero ella los ha mandado hacia el este, por el río, lo que, aún al ritmo más rápido, les llevaría un rato. Se abre paso entre los árboles, envuelta en la oscuridad, pero el miedo ya ha desaparecido. Se toma su tiempo para sorprenderse por el bosque: los pliegues de las ramas, el roce de la maleza, el brillo parpadeante de los ojos en la oscuridad. Las serpientes rojas y encapuchadas levantan las cabezas ante la chica de color sangre que se desliza al pasar. *A los lobos no les basta con mandar este reino en el que nacieron*, piensa, *quieren más: el sufrimiento de inocentes, la emoción del privilegio, el robo de algo que ellos no deberían tener.*

Cuidado, se recuerda a sí misma al ver que se ha ralentizado. Un macho hambriento se mueve más rápido de lo que una chica piensa. Pronto escucha el burbujeo del agua. El río la golpea suavemente mientras lo vadea por la zona poco profunda, los peces se enganchan en la cola de su capucha antes de que los libere. Una vez atravesado el bosque de nogales y pasado el campo de helechos está el claro cubierto de hojas rojas y la vieja cabaña de madera, sus dos pequeñas ventanas están iluminadas por la luna como si fueran ojos brillantes y los aleros del tejado están recubiertos de musgo gris, como si de pelaje se tratara. Ella solo ha estado en casa de Abuelita un par de veces y la última vez fue hace mucho, pero todavía recuerda el camino, igual que un gato sabe cómo volver a su casa.

Toc, toc.

Llama bajito, por si los lobos tienen espías.

Toc, toc.

La puerta se abre.

Abuelita está delante, tiene la cara arrugada como una pasa, el pelo corto y canoso. Tiene una gran cicatriz debajo del ojo y hace una mueca con la boca. Mira a su nieta y les echa un ojo a las heridas de la mejilla.

—Pasa —le dice.

Continúa el rastro de saliva a través del bosque de sauces.

Un círculo de lobos rodea la casa, tienen las espaldas arqueadas, rechinan los dientes y están deseando comerse las sobras que su líder les ha prometido. Están cansados y resentidos por haber perdido una buena comida. Se sublevarían si tuvieran el valor suficiente.

El líder espera el momento adecuado, se incorpora sobre las patas traseras, se sacude la suciedad al mismo tiempo que el pelaje desaparece y se peina sus rizos de Cupido mientras se acerca a la puerta; como si fuera el perfecto caballero que va a hacer una visita.

La puerta está abierta.

Entra rápidamente. Sus pálidos y peludos pies avanzan sobre las tablas del suelo. No está acostumbrado a trabajar para conseguir la cena. No está acostumbrado a caminar derecho, pero es emocionante fingir que está domesticado.

Un fuego arroja un resplandor vigilante sobre la habitación y escupe chispas en su dirección *crap, crap, crap*. La casa es vieja y anticuada, no hay nada digno de mención: una escoba gruesa y arcaica, un reloj de cuco azul que no marca bien la hora, una manta sobre un bulto en una mecedora, una cesta vacía encima de una mesa y algunas migajas de queso.

Sin embargo, es la cama de la esquina la que está limpia y llena, hay una figura envuelta en velos blancos como la leche.

—¿Quién anda ahí? —pregunta.

—Tu príncipe —responde él.

—Acércate.

Él obedece; tiene la boca plateada húmeda.

—Ahí va… Qué piel más arrugada tienes —comenta.

—El hechizo de una bruja. Es para esconder mi juventud y mi belleza. Acércate.

—Pero qué ojos más vidriosos tienes —dice.

—Es para ver el alma de un príncipe. Acércate.

—Pero qué labios más agrietados tienes —dice.

—Es para besar a mi príncipe con ellos y así romper el hechizo.

El velo de la cama se cae.

El chico besa los viejos labios de Abuelita, con ganas de obtener ya la recompensa.

Aun así, el hechizo no se rompe.

En su lugar, los viejos huesos de abuelita se limitan a crujir. Ella se ríe a carcajadas en su cara. Risas, risas y más risas. Ella ve lo que él es en realidad, una bestia impotente.

La mirada de él se afila y muestra los dientes.

La máscara de un chico avergonzado.

Ella sabe lo que significa. Él va a matar y a matar hasta que esté saciado. Hasta que se olvide de lo que ha hecho. Da un salto y se sube a la cama, la piel se convierte en pelaje, el chico se convierte en lobo...

¡Debería haber comprobado la mecedora!

El cuchillo se le clava en el corazón, y él se gira sorprendido y se encuentra de cara con una chica que lleva una capucha tan roja como su sangre y más bella de lo que recordaba.

Su grito hace que los demás lobos acudan en su ayuda, pero tienen demasiada hambre como para pelear. La abuelita los golpea con su escoba, *pum, pum, pum*.

Juntos caen, estos malvados cambiantes aúllan hasta la muerte.

Sin embargo, el triunfo y la desgracia a veces suenan igual.

A lo lejos, los aldeanos abandonan la linde del bosque al confiar en que su sacrificio se ha completado.

Cada año, se marca a una nueva chica. Se le araña la puerta a modo de aviso.

El primer día de primavera, ella escucha la llamada de los lobos; los aldeanos la acompañan al bosque; ella besa y se despide de su padre y de su madre; temblorosa, entra en la oscuridad y sigue el camino que le indican.

Sin embargo, al final del camino no hay lobos.

En su lugar, encuentra una casa llena de chicas como ella.

Bellezas que han dejado la belleza atrás.

Una anciana la lleva hacia la mesa.

Las chicas se reúnen alrededor y unen las manos como si fueran una manada.

La anciana sonríe debajo de su capucha roja.

Una vez, ella también fue una chica.

Juntas, levantan la cabeza y aúllan.

BLANCANIEVES

UNA CHICA SE CASA CON UN HOMBRE débil.

Él dice las palabras correctas en el momento indicado, un príncipe que le promete un felices para siempre. La mayoría ve solo su piel, lo distinta que es del resto de las hermosas doncellas de su tierra. La tratan como si fuera un trozo de carbón, como si el negro fuera un pecado. Sin embargo, este príncipe hace que se sienta bella por primera vez en su vida. Cuando la lleva al castillo, la carga en brazos hasta el umbral, hasta una habitación limpia y blanca.

Aun así, la gente se muestra recelosa. Igual que el padre del príncipe. ¿De verdad su hijo se ha casado con una chica como ella cuando puede tener a tantas otras? Sin embargo, todo el mundo se guarda su animadversión para sí mismo. Es lo cortés.

Hasta que el rey muere.

Ahora el príncipe es rey, su princesa es la reina y la gente no la quiere como tal. Ellos solo pueden abstenerse de comentarlo durante un tiempo. El joven rey siente el veneno. La reina también, pero el rey se lo toma como algo personal, el amor del pueblo es su prioridad. No está acostumbrado a tener que luchar por él, así que no lo hace. En su lugar, sale poco con su reina y viaja por el reino con mujeres más bellas que ella.

Esto calma a la gente.

El invierno es una época dura y solitaria. En su habitación, la reina está sentada junto a la ventana, mientras cose y ve caer la nieve blanca en imperiosas y sofocantes pequeñas láminas. Un cuervo se posa cerca de ella y la nieve lo ataca y le emblanquece las plumas hasta que parece una paloma. La reina se estremece. Se pincha con la aguja y la sangre salpica al pájaro.

Ojalá tuviera un hijo, piensa, *un hijo mío al que querer. Blanco como la nieve. Rojo como la sangre. Negro como un cuervo.*

Besa al pájaro para terminar de pedir su deseo.

Al poco tiempo, da a luz a una niña de piel negra como un cuervo, labios rojos como la sangre y ojos tan blancos y brillantes como la nieve.

La llama Blancanieves y se ríe.

Oh, y cuánto quiere a su hija, que está hecha tal y como ella deseó, al contrario que el rey, que trata mal a la pequeña, porque nada en ella le recuerda a sí mismo. Por lo tanto, la gente del reino hace lo mismo y mira a la niña como si de una maldición se tratara. La reina la mantiene cerca y la cuida como si fuese una joya, ya que solo bajo su cuidado puede enseñarle cómo hacerse querer.

No obstante, la reina enferma y, del mismo modo que la nieve vino a por el cuervo, para finales del invierno, ella ya no está.

Un año más tarde, el rey vuelve a casarse. Ella tiene las mejillas tan blancas como la leche, el pelo castaño alborotado y los ojos tan afilados como una trampa para osos. Esta nueva reina no quiere a Blancanieves, la considera una mancha en la familia y pone a su hijastra a limpiar el castillo. Sin embargo, tampoco es que la reina quiera tener descendencia propia. Un hijo podría quitarle el brillo a su propia rosa. En su lugar, tiene un espejo mágico en la pared de su vasta y resonante habitación y cada mañana le pregunta:

Espejito, espejito, en la pared,
¿quién es la más bella del reino?

A lo que el espejo siempre responde:

Tú, mi reina, eres la más bella del reino.

Al escucharlo, la mirada se relaja, la piel gana color y suspira con alivio, siente lo que ella llama «felicidad» porque, durante un momento, lo que quiere que sea cierto y lo que es la verdad son una única y misma cosa.

Sin embargo, Blancanieves sigue creciendo, así como su belleza, aun estando escondida entre los baños y las cocinas y aun bajo una capa blanca de harina y polvo. Su madrastra se olvida completamente de ella y la chica sigue con sus labores, hasta que un día la reina le pregunta al espejo:

Espejito, espejito, en la pared,
¿quién es la más bella del reino?

A lo que el espejo responde:

Mi reina, puedes pensar que eres la más bella,
pero Blancanieves lo es mil veces más.

Al principio, la reina se mofa. Una chica como Blancanieves... ¿bella? Sin embargo, recuerda que el espejo la había nombrado la más bella de todas durante todos esos años, y si se había fiado de él entonces, ahora debe fiarse. A nadie más del reino se le ocurriría lo mismo, eso está claro. Blancanieves más guapa que ella... La belleza en este mundo tiene unas normas, pero ¿y si Blancanieves las rompe? ¿Qué pasaría si otra gente empezara a ver lo mismo que el espejo?

A partir de ese momento, la reina odia a Blancanieves aún más, le dobla las tareas, hace que duerma en un armario y reprende a su marido si mira a la muchacha más de una vez. Sin embargo, eso no es suficiente. Cuanto más esconde a Blancanieves, mayores son la envidia y los celos que la invaden, como si su corazón supiera algo que ella desconoce, como si ella negara deliberadamente una ley mayor que la suya. La chica es el punto muerto de sus pensamientos. Ya sea de día o de noche, la reina no tiene ni un momento de paz.

El verano hace que la temperatura del palacio aumente como si de un invernadero se tratase. Con el calor, el odio de la reina crece de forma más salvaje y le salen dientes. No le basta con tener a la chica esclavizada y fuera de su vista; ahora la reina la golpea y la ridiculiza, la provoca para que se rebele, como si dirigiera a una mosca hacia una trampa. La chica se muerde la lengua. Reconoce una némesis cuando la ve. Una némesis utiliza cualquier excusa para matarte. Tu vida les quita poder. Ahora no hay escapatoria. El destino las ha unido: cuanto más fuerte es una, más débil es la otra y Blancanieves se hace cada día más fuerte.

El espejo lo confirma.

Blancanieves es mil veces más bella.

Una y otra y otra vez.
Ahora la reina lo sabe. No puede vencer a la chica.
Así que debe morir.
Llama a un cazador.
—Lleva a la chica al bosque —dice la reina—. Tráeme sus pulmones y su hígado cuando la hayas matado.

El cazador no discute. Tiene una esposa y dos hijos que alimentar, y la reina le paga bien.

Sin embargo, cuando lleva a Blancanieves al bosque, ella no huye. Ni siquiera llora cuando saca el cuchillo del cinturón y lo pone a la altura de su pecho. En su lugar, lo mira a los ojos y le pregunta:

—¿Por qué?

Nadie le ha preguntado nunca algo parecido. La mayoría de los que van a morir huyen para salvarse como si fueran culpables.

El cazador baja el cuchillo.

—Vete rápido y no vuelvas nunca —le gruñe.

Ella se va por el enmarañado bosque, y el cazador suspira. Los animales la matarán al amanecer, pero al menos no será él quien lo haga. Espera hasta que un jabalí se acerca, lo apuñala sin piedad y le extrae los pulmones y el hígado para llevárselos a la reina. Todas las cosas que tenemos debajo de la piel son iguales. La reina los huele y el hambre le relame el corazón. Ordena al cocinero que guise los regalos en escabeche y los devora mientras piensa que está absorbiendo el cuerpo de la chica en el suyo.

Un niño de origen privilegiado no puede sobrevivir en el bosque. Las enredaderas y las zarzas lo atraparían y lo estrangularían. Los animales se lo comerían *ñam, ñam, ñam*. Sin embargo, Blancanieves no es de origen privilegiado. No ha perdido el contacto con su

naturaleza. Su belleza es la belleza de los
árboles, las flores, los zorros. No puede
compararse con una cara empolvada y un
pelo bien peinado. Por eso la reina ha
mandado a alguien para matarla. Matar
a la chica ella misma sería como intentar mirar directamente al sol. No obstante, el cazador se equivoca al pensar que el bosque acabará
con ella. En su lugar, los osos y los lobos le
muestran el camino y las frutas más madu-
ras caen a sus pies. Ella corre y corre, como
una criatura de la noche. Pasa el río, hacia los
límites de los dominios de la reina, una, dos,
tres montañas puntiagudas y elevadas cubiertas
de blanco. Entonces, bajo el foco de la luz de la
luna, aparece una cabaña. El exterior, que tiene una
valla de postes blancos y unas petunias blancas

en un jardín cuidadosamente podado, es tan limpio y pintoresco que no le parece peligroso deslizarse por el camino y llamar a la puerta, ni empujarla para abrirla cuando nadie responde. Sin embargo, el interior es una sorpresa: un derroche de colores terrosos, olores suntuosos, velas con gemas incrustadas y acogedoras alfombras y mantas. El palacio era un mausoleo, pero esto es un hogar. Hay siete platos en una mesa, pequeños círculos de arcilla, cada uno con grietas propias y con siete cuchillos y tenedores a los lados. También hay siete vasos, junto a unas jarras de hidromiel. En la cocina, hay un pastel de calabaza cortado en siete trozos y verduras empapadas de barro amontonadas en una pila. Hay siete camas pequeñas alineadas en la pared, cada una de ellas con un par de zapatillas a sus pies. Prepara una ensalada con las verduras y las aliña con limón y aceites de la alacena, luego se sirve una porción del pastel y una copa entera de hidromiel.

Es hora de irse, piensa. *Quedarse es peligroso*, pero se dice eso a sí misma mientras se acurruca en una cama que no es suya y se queda profundamente dormida, igual que hiciera una vez sobre el pecho de su madre.

Hace mucho que ha anochecido cuando los dueños de la cabaña vuelven, siete enanos que pasan sus días en las montañas de la reina excavando en busca de oro y gemas en cuevas oscuras y profundas en las que los mineros de la reina nunca se dignan a entrar. Silban durante el camino de vuelta, entran a la casa, siete linternas se encienden y, al mismo tiempo, ven que alguien ha entrado.

—¿Quién se ha bebido nuestro hidromiel? —pregunta uno.

—¿Quién se ha comido nuestro pastel? —pregunta un segundo.

—¿Quién ha preparado una ensalada? —pregunta un tercero.

No obstante, es el enano más anciano, el que tiene la barba más larga y la mirada más cansada, el que da en el clavo:

—¿Quién está en mi cama?

Todos alumbran con sus linternas a Blancanieves, que está tan acostumbrada a dormir en la oscuridad que se incorpora de golpe.

Es la primera vez que ve a alguien tan negro como ella, siete hombres pequeños de piel tan negra como el ónix, barbas tan blancas como los lirios y túnicas coloridas rematadas con sombreros a juego. En el palacio, nadie era como ella, cosa que pensó que no importaba, ya que el color de la piel debería dar igual. ¿Qué más da si otros la juzgan por ello? Aquellos que no veían más allá del color de su piel se cegaban a sí mismos. Sin embargo, en ese momento fue consciente de que ella también lo hacía, que, sin su madre, no tenía ningún espejo, ningún reflejo, ninguna prueba que demostrara que pertenecía a este mundo, como un cisne negro en una bandada de blancos al que se le dice que es un error en lugar de una perla entre un millón. Es esta mentira la que la enmudeció durante todos estos años, porque pensaba que la respuesta era el silencio en lugar de rebuscar palabras de protesta, las palabras que estaban ocultas en las profundidades de su ser, pero en ese instante, delante de esos extranjeros, las libera y les cuenta la historia de una vanidosa y vil reina que engatusó a su padre e intentó matar a su hija porque se sentía amenazada por su belleza, aunque Blancanieves nunca se sintiera hermosa.

Los enanos se miran unos a otros.

—Por eso vivimos por nuestra cuenta —dice entre gruñidos el enano más viejo.

—No quería ser una molestia —le responde Blancanieves con lágrimas en los ojos mientras corre hacia la puerta.

—¿A dónde vas a ir? —le pregunta el más viejo.

—Más allá de las montañas —contesta la chica.

—Éramos de allí —suspira el enano—. El rey de allí no quiere a gente como nosotros. No es seguro para ti.

Blancanieves no sabe qué hacer. Este mundo no está hecho para ella, a pesar de haber nacido en él.

Los enanos se reúnen para discutir la situación, murmuran y se quejan hasta que el enano más viejo levanta la cabeza.

—¿Sabes contar cuentos para dormir? —le pregunta—. Nos gustan los cuentos de hadas. Si nos cuentas cuentos de hadas, puedes quedarte.

—Os contaré todos los cuentos que sé —responde Blancanieves, que sonríe aliviada.

Aunque no conoce ningún cuento de hadas. Ninguno bueno. Todas las historias que escuchaba en el castillo sobre bestias y bellas carecían de sentido alguno, pero es demasiado inteligente como para admitirlo o decir que no existen cuentos de hadas para la gente que es como ellos. En vez de eso, piensa: *Es momento de crear alguno.*

Construyen una octava cama.

A la mañana siguiente, los enanos vuelven a las minas, pero no sin que antes el enano más viejo advierta a Blancanieves:

—Ten cuidado con tu madrastra. Si es tal y como nos has contado que es, su corazón es oscuro, y los corazones oscuros no se limitan a dormir tranquilamente en castillos blancos. Más tarde o más temprano, vendrá a por ti.

Blancanieves presta atención al consejo, pero se da el lujo de preocuparse por otra cosa que no sea su madrastra durante un rato, especialmente ahora que tiene que escribir un cuento de hadas y que preparar una cena para los enanos de los que acaba de hacerse cargo, tras el éxito de su ensalada la noche anterior. Sin embargo, no le molesta tener que encargarse de esas tareas. Tras haber estado tantos años procurando seguir con vida, preocuparse únicamente por que se le ocurran nuevas recetas y una moraleja adecuada para un cuento de hadas le parece todo un lujo que antes no podía permitirse. Su madrastra sigue presente en sus pensamientos, y los dragones, los troles y los ogros que aparecen en los cuentos que se inventa Blancanieves y que atormentan a héroes negros y valientes, todos tienen el color de piel de la reina y sus feroces ojos.

Mientras tanto, en el castillo, la reina sueña con los pulmones y el hígado de Blancanieves y desearía poder volver a comerlos. Al principio, evita al espejo, porque tiene el alma en paz y vuelve a ser la más bella del reino. Además, quiere que el espejo sepa que puede vivir sin él, sobre todo después de haber estado pronunciando durante tanto tiempo un nombre que no era el suyo, pero no pasa mucho rato antes de que la inquietud inunde el pecho de la reina, como si fuera una mano saliendo de una tumba. Solo hay una solución. Vuelve al espejo…

Espejito, espejito, en la pared,
¿quién es la más bella del reino?

El espejo hace una mueca mientras responde:

Piensas que eres la más bella, mi querida reina,
pero Blancanieves, que vive con siete enanos
en una cabaña al pie de la montaña
es la más bella de todas.

La reacción de la reina ante esta noticia no es exagerada. Era como si supiera que la chica la perseguiría, como un fantasma de otra vida. El hecho de que Blancanieves esté lejos o conviviendo con sucios enanos no es ningún consuelo. Su mera existencia es una amenaza para el mundo, un augurio de aquello en lo que podría convertirse.

No obstante, la reina tiene un plan. Las mujeres como ella siempre lo tienen. Debe matar a Blancanieves y hacerlo de una vez por todas. Esta vez, con sus propias manos.

La reina mezcla polvo de murciélago, lengua de serpiente y sangre de sapo en una poción que se bebe y le hace ahogar un grito, se agarra la garganta mientras su rostro adquiere una tonalidad oscura más intensa que el color negro y se deforma, como si fuera una burla de la belleza que su espejo consideraba hermosa. La magia sigue haciendo efecto más allá de la columna vertebral y le drena la fuerza y el alma. Cuando la transformación termina, sigue a duras penas con vida.

Luego, sumerge varios peines en veneno y se dirige al bosque.

En la cabaña, Blancanieves está planteando su último cuento sobre brujas malvadas y las ropas que llevan mientras intenta que el pan suba y tararea una melodía animada.

—¡Peines en oferta! —grita una hosca voz en el exterior— ¡Peines en oferta! ¡Peines para hacerte bella!

Blancanieves abre la puerta.

La vieja vendedora ambulante está encorvada, acuclillada en una posición horrible, y tiene la piel quemada y una mirada lasciva y hambrienta que le recuerda a la de un lobo. Durante un momento, Blancanieves se pregunta si es la reina que ha venido a matarla, pero ni siquiera ella es capaz de imaginar a su madrastra rebajándose de esa manera.

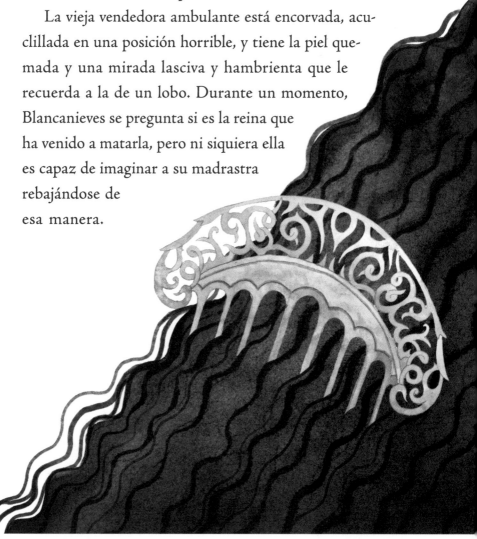

¿Quemarse la piel hasta convertirla en ceniza? ¿Arrugarse hasta convertirse en una pasa? ¿Escabullirse de palacio hasta llegar a las petunias de los enanos? La reina la quiere muerta, pero ni siquiera ella caería tan bajo, de manera que la chica se apiada y le compra los tres peines con unas pocas monedas de cobre sueltas de los enanos.

—Deja que te peine —dice la vendedora—. Te haré bella.

Es más una orden que una petición.

Blancanieves piensa en la manera en la que la reina solía burlarse de su pelo en el castillo, diciendo que necesitaba peinarlo y alisarlo y que era mejor recogerlo en un pañuelo.

Esos días se han acabado. El pelo de Blancanieves crece suelto.

Sin embargo, los recuerdos perduran como cicatrices.

—Vale —responde Blancanieves.

La reina le clava el peine en el cráneo y el veneno se filtra. Blancanieves se da cuenta de su error y cae muerta entre las flores blancas, tiene la cara tan pálida como la cera de una vela.

Es lo mejor que he visto nunca, piensa la reina mientras huye.

Al poco tiempo, los siete enanos vuelven a casa y encuentran a Blancanieves tirada en la entrada de la casa. Afortunadamente, el más viejo se percata de las huellas que se alejan del cuerpo de la chica y del olor amargo e intenso de la magia negra. No tarda mucho en encontrar el peine envenenado y arrancarlo. Utiliza una sanguijuela del estanque para extraer el veneno. Las mejillas de Blancanieves recuperan el color, vuelve a respirar y abre los ojos. Empieza a contarles la historia de una vendedora vieja y dulce que quería hacerla bella y que, de golpe, acabó resultando ser malvada. Sin embargo, en ese momento, ve las caras de los enanos y sabe lo ingenua que ha sido.

En el palacio, la reina pasa la noche elaborando antídotos que le devuelvan su belleza, pero sigue preocupada porque le han dejado la piel más oscura que antes. De todas formas, el espejo, esta vez sin que le pregunten, tiene algo que decir:

Puedes ser tan bella como la belleza, que seguirá sin ser suficiente, querida Reina,
ya que Blancanieves sigue viva,
y nunca ha habido nadie tan bella.

El corazón de la reina da un vuelco. ¡Viva! ¡Todavía! Menudo monstruo. El respeto hacia la chica surge en su corazón. Una belleza que lucha como una bestia, pero si la chica piensa que va ganando, está muy equivocada. Seguirán matándola una y otra vez hasta que se le rompa el alma. Esa es la emoción que inunda el corazón de la reina: que va a poder planear el asesinato de la chica una tercera vez, que podrá hacer de su destrucción un ritual. En fealdad, no hay quien compita con la reina.

Saca el polvo de murciélago y la sangre de sapo.

Al otro lado del bosque, el enano más viejo le da un toque a Blancanieves con una escoba cuando ve que está demasiado ocupada preocupándose por la barra de pan como para prestarle atención...

—No le abras la puerta a nadie —repite—. ¿Me oyes?

—Ajá —dice Blancanieves.

El enano más viejo camina con el resto de los enanos hacia las minas, está seguro de que la chica no tiene remedio y que le dará la bienvenida a la siguiente bruja amable que se le cruce en el camino. En este caso, tiene razón.

Unas horas más tarde, la hosca voz se escucha en el exterior.

—¡Manzanas en oferta! ¡Manzanas frescas!

Nadie responde en la cabaña.

Toc, toc, toc.

—¡Manzanas grandes y jugosas!

Sigue sin obtener respuesta.

—¡Manzanas únicas! ¡Dignas de una reina!

La puerta se abre.

—Bueno, en ese caso —responde Blancanieves, que sujeta una barra de pan con dos guantes para el horno.

Levanta la mirada y casi se le cae el pan.

Su madrastra ha vuelto a ennegrecerse la cara con un hechizo, pero es un negro infame, el tipo de negro que no puede ser descrito porque es como un tono opuesto al blanco, una inversión, una distorsión, como una máscara o un trazo de pintura, un malentendido de lo que es la piel y de lo profunda que es.

—Tengo una manzana ideal para ti, querida —murmura la vendedora.

—¿Igual que el peine que tenías? —le pregunta Blancanieves.

—¿Ehh? ¿Qué peine?

—El que me vendiste ayer.

—Ehh, tienes que estar confundiéndome con otra —responde la vendedora.

Oh, piensa Blancanieves, *así que estamos jugando a ese juego*.

—Verás, una vendedora me vendió un peine envenenado y casi muero, así que no puedo aceptar cosas de desconocidos —le explica.

—¡Veneno! ¡A una chica dulce como tú! ¡Dios mío, nunca haría algo parecido! —insiste la vendedora, mientras le tiende una deliciosa manzana—. Ten, hasta te la voy a partir por la mitad. Tú te comes la parte roja y yo la blanca.

Le da un mordisco a la fruta blanca como la nieve y se sorbe el jugo de los labios.

—¡*Mmmm*! Ten… come.

La chica no acepta su mitad.

—¿Cuánto cuesta? —le pregunta a la vendedora—. No lo has dicho.

—Lo que puedas pagar —le responde despreocupada—. Una moneda o dos.

—No tengo ninguna moneda —replica Blancanieves.

La vendedora frunce el ceño.

—Pero ayer… —Se muerde la lengua y le ofrece la mitad roja—. Pues te la regalo.

—¿Que me la regalas? —se sorprende Blancanieves—. ¿Has atravesado toda la oscuridad del bosque para vender tus inigualables manzanas a cambio de nada? Ahora eso sí que resulta sospechoso. Tengo que pagarte. ¿Qué te parece con algo de pan? Está un poco tostado en el exterior, pero el interior es tan blanco como tu parte de la manzana.

La vendedora casi le lanza la mitad roja a la mano antes de decirle:

—En serio, dale un bocado antes de que se seque…

—¿Seguro que no quiere un pedazo? —dice Blancanieves mirando el pan—. Lo he rellenado con una mantequilla especial. Una mantequilla que te hace hermosa y encantadora.

—Oh —A la vendedora se le iluminan los ojos.

—Deja que te dé un poco —insiste Blancanieves—. Te haré bella.

—Eh… vale… —La vendedora se tensa, se olvida de todo lo relacionado con la manzana y renquea hasta donde ella está—. Solo un pedazo.

Blancanieves arranca un pedazo y se lo ofrece a la vendedora como una mamá pájaro a su polluelo.

La vendedora se lo arranca de las manos, lo engulle de un bocado y cierra los ojos como si fuera una chica que espera el hechizo de un hada.

—Qué raro —murmura—. Tiene un sabor muy amargo… como algo que conozco…

Abre los ojos de golpe y mira a la chica.

Blancanieves espera como un narrador que ha encontrado el final adecuado, ya que ha metido dentro del pan el peine envenenado y ha matado a la reina con su propio veneno.

La bruja de cara negra cae en las flores blancas.

Blancanieves le quita la manzana de las manos para que no caigan semillas que florezcan y la quema junto con el pan en la chimenea.

Cuando los enanos llegan a casa, no saben qué hacer con el cuerpo de la reina. Se convierte en un asunto irritante, ya que su poción mágica ha dejado de hacer efecto y le ha devuelto a su huesuda palidez. Blancanieves prefiere llevarle el cuerpo a su padre, el rey, pero los enanos dicen que eso condenaría tanto a Blancanieves como a los enanos a morir, sin importar lo buenas que fueran sus intenciones. Tan solo una mirada a la chica, a los enanos y a la reina muerta bastaría para que la gente pidiera sus cabezas. Buscar un final justo para alguien como ellos resulta tan tonto como noble. Lo mejor sería evitar cualquier tipo de final.

Así, los enanos colocan a la reina en un ataúd hecho de cristal, la trasladan a la montaña y la dejan allí, en la cumbre más empinada, a la espera de que alguien la encuentre. Cada día, de camino a las minas, pasan a verla, se quitan los gorros y agachan las cabezas, ya que es la manera respetuosa de actuar delante de un muerto.

Las estaciones vienen y van, los pájaros construyen sus nidos encima del cristal, el ataúd pasa a formar parte de la propia montaña.

Entonces, un día, cuando los enanos casi se han olvidado de ella, al llegar a la cumbre, ven a alguien esperando al lado del ataúd.

Es un príncipe.

Es alto, guapo y tiene el pelo del color de la escarcha.

Es el hijo del rey del otro lado de las montañas. El mismo rey que desterró a los enanos por su color de piel.

Sin embargo, el príncipe no parece desearles el mal a los enanos. En cambio, observa a la reina encerrada en el cristal.

—Qué hermosa —comenta—. Seguro que es la más bella del reino.

Los enanos ahogan un gemido. Es uno de esos.

No obstante, es el más viejo quien distingue algo en los ojos del príncipe: una chispa, un brillo, la posibilidad de algo distinto.

—No es para nada la más bella —interviene.

El príncipe los ve por primera vez.

—¿Qué?

El enano le susurra algo a un pájaro que está construyendo su nido y lo manda a la cabaña.

El príncipe se gira para volver a mirar a la reina como si fuera un niño hipnotizado. Solo cuando ve un movimiento en el cristal, como la magia en un espejo, sale del trance y se gira.

Blancanieves está ahí, igual que su reflejo.

El príncipe está tan sorprendido que se apoya sobre el ataúd de la reina y lo hace caer por montaña abajo.

Una chica se casa con un hombre débil.

Él dice las palabras correctas en el momento indicado, un príncipe que le promete un felices para siempre. La mayoría ve solo su piel, lo distinta que es del resto de las hermosas doncellas de su tierra. La tratan como si fuera un trozo de carbón, como si el negro fuera un pecado. Sin embargo, este príncipe la hace sentir bella, cosa que nunca había sentido. Cuando la lleva al castillo, la carga en brazos hasta el umbral, hasta una habitación limpia y blanca.

Aun así, la gente se muestra recelosa. Igual que el padre del príncipe. ¿De verdad su hijo se ha casado con una chica como ella cuando puede tener a tantas otras? Sin embargo, todo el mundo se guarda su animadversión para sí mismo. Es lo cortés.

Hasta que el rey muere.

Ahora el príncipe es rey, su princesa es la reina y la gente no la quiere como tal. Ellos solo pueden abstenerse de comentarlo durante un tiempo. El joven rey siente el veneno. La reina también, pero el rey se lo toma como algo personal, el amor del pueblo es su prioridad. No está acostumbrado a tener que luchar por él, así que no lo hace. En su lugar, sale poco con su reina y viaja por el reino con mujeres más bellas que ella.

Esto calma a la gente.

El invierno es una época dura y solitaria. En su habitación, la reina está sentada junto a la ventana, mientras cose y ve caer la nieve blanca en imperiosas y sofocantes pequeñas láminas.

Ojalá tuviera un hijo, piensa, *un hijo mío al que querer. Blanco como la nieve. Rojo como la sangre. Negro como un cuervo.*

Al poco tiempo, da a luz a una niña de piel negra como un cuervo, labios rojos como la sangre y ojos tan blancos y brillantes como la nieve.

La llama Pequeña Blancanieves.

Oh, y cuánto quiere a su hija, que está hecha tal y como ella deseó, al contrario que el rey, que trata mal a la pequeña, porque nada en ella le recuerda a sí mismo. Por lo tanto, la gente del reino hace lo mismo y mira a la niña como si de una maldición se tratara. La reina la mantiene cerca y la cuida como si fuese una joya, ya que solo bajo su cuidado puede enseñarle cómo hacerse querer.

No obstante, la reina enferma y...

No, esta vez no.

Siete enanos la esconden en el bosque. Enanos que le enseñan a luchar por cada aliento. Enanos que la cuidan con su amor. Enanos que la protegen igual que una reina vanidosa protege su belleza. Blancanieves no muere, a pesar de tener que hacerlo.

Un día las puertas del castillo se abren de golpe.

Está de vuelta, más fuerte que antes.

El rey se sobresalta. La historia se desvía de su curso.

Blancanieves lo mira a los ojos.

Su hija no perderá a su madre.

Su hija no será escondida.

Su hija crecerá como se merece.

Como un cisne negro que sabe que es una reina.

La madre abraza a su hija contra el pecho y se sienta en el trono.

Tiene el pelo suelto y los pies en la tierra.

Es un negro que brilla más que el oro.

No, no piensa ir a ninguna parte.

EL BELLO DURMIENTE

PARA EL PRÍNCIPE ESTABA CLARO: LOS demonios le estaban chupando la sangre.

No había otra explicación.

No había manera de explicar cómo un chico de dieciséis años era capaz de despertarse cada mañana con un martilleo en la cabeza, sudado, pálido y con gotas de sangre repartidas por las sábanas. No había manera de explicar las pequeñas y rojizas heridas con forma redonda que tenía en el cuello, los bíceps y el torso. No había manera de explicar que soñara con formas carentes de rostros encima de él, alimentándose de él... y que terminara despertando con la camisa abierta, rota, y sin nadie en la habitación.

Primero, acudió a su padre, el rey, pero ningún padre quiere escuchar los tormentos del dormitorio de su hijo, sobre todo los relacionados con demonios que van en contra de Dios. De manera insistente, el chico se descubría el cuello para enseñarle las malditas

marcas e instaba al rey a que llamara al médico, quien sondeó al chico con varas y acero y confirmó las sospechas del rey: *Necesita una esposa*.

Llegados a este punto, el chico acudió a su madre y le confió la palidez que le afligía, las huellas ensangrentadas que manchaban sus sábanas y los fantasmas que le perseguían por las mañanas, pero la reina sabía que creerle no traería nada bueno.

Así que continuó sucediendo lo mismo: el príncipe tenía miedo a dormir y pasaba las noches con los ojos abiertos y vigilante por si aparecía su enemigo, solo para acabar oliendo un extraño y fuerte olor a rosas y que la luz del sol lo despertara una vez más como a un bello durmiente con la camisa rota y cubierto de sangre.

Las heridas de la piel, que estaban repartidas por todo el cuerpo, se curaban a tiempo para ser reemplazadas por las nuevas. Era el prisionero de un demonio que no daba la cara ni parecía querer nada más (ni un soborno, sacrificio o rescate) que beber la sangre del príncipe mientras dormía. Al poco tiempo, una oscura vergüenza invadió el corazón del príncipe, sobre todo cuando las chicas empezaron a competir por él. Como ya estaba en edad de casarse, las candidatas desfilaban delante de él cada mañana y tarde, mientras estaba sentado con aspecto cetrino y deteriorado al lado de su padre y de su madre, que hacían de jurado de un desfile de belleza, dones y talento. Estaba la princesa de Sarapul, quien le trajo un centenar de cerezos en flor; la condesa de Khorkina, que metió la cabeza dentro de la boca de un tigre; la marquesa de Saltimbanca, que hizo un baile con velos que indujo a todos los hombres a dormir... excepto al príncipe. Él permaneció despierto, incluso cuando la marquesa daba vueltas sin parar y las campanillas de sus tobillos tintineaban. Ella meneaba las caderas y se abría de piernas; los hombres bostezaban y caían rendidos, mas el príncipe era insensible a todo. Al ver que su padre roncaba y que la bailarina estaba satisfecha, el príncipe fingió quedarse dormido para no resultar maleducado. Una ironía bastante cruel, desde luego: si luchaba contra el demonio, el sueño lo atrapaba sin piedad, pero si se enfrentaba a los encantos de una mujer, se alejaba de él como una pompa de jabón. ¿Por qué tuvo el demonio que elegirlo *a él*? ¿Por qué no a otro? De nuevo, no podía estar seguro. Había habido ocasiones en las que había visto a pajes, a hombres de la ciudad e incluso a algún caballero con la misma palidez afligida, con el pañuelo o el cuello de la camisa colocados de forma que ocultaran algo y con la misma mirada de terror que veía en el espejo cada mañana, como si ellos también padecieran la enfermedad incurable... Sin embargo, acabó desechando la idea. Él era el único. De eso estaba seguro. El demonio lo había elegido *a él*. De todas maneras, cuanto más lo pensaba, más creía que era la elección incorrecta. El reino estaba lleno de duques disparatados, sacerdotes corruptos, traidores rencorosos; incluso el padre del príncipe no ocultaba su afición por las mujeres y la bebida. El príncipe había sido un buen chico, creyente, trabajador y con una mente disciplinada y profunda. Que él fuera el juguete del demonio era incomprensible. Así que, ¿qué podría haber de malo en él? ¿Sería un defecto en la sangre? ¿Algún problema con su alma? Tenía que deshacerse de lo que quiera que fuese, así que rezaba con más ahínco, pensaba cada vez de forma más pura, les prestaba a sus cortesanos la mayor de las atenciones cuando fanfarroneaban y se acicalaban y, aun así, el olor de las rosas volvía, igual que el miedo por las mañanas al ver la sangre que le habían drenado y las heridas cada vez más profundas que le tentaban con el indulto de la muerte, pero nunca lo entregaban a sus brazos.

Entonces instaló una trampa.

Un anillo sólido con dientes de metal cortante escondido entre las sábanas en las que dormía.

Durante dos noches, el demonio no fue, como si supiera que estaba poniendo a prueba al destino. Sin embargo, la tercera noche, en el momento de mayor oscuridad, el príncipe olió las rosas…

Un grito lo arrancó de las garras de Morfeo.

Había algo encima de él.

No era un demonio o un monstruo, sino un chico de su edad.

Tenía ondas rojas en el pelo, una nariz larga y grande y la piel del color de la luna. Apretaba la muñeca sangrienta con el doblez de su camisa, hacía muecas con la boca y los ojos le brillaban de miedo.

Una mano amputada estaba en la trampa.

La sangre chorreó hasta el príncipe.

Sangre que, por primera vez, no era suya.

El príncipe y el ladrón se miraron a los ojos.

Un pájaro con un ala rota, cazado.

Luego, el ladrón salió por la ventana, respirando con dificultad y dejando un rastro rojo mientras el príncipe se abalanzaba para atraparlo.

Sin embargo, se perdió en la noche, dejando una parte de él atrás.

En primavera, el príncipe eligió a su esposa.

Ya no existía motivo alguno para retrasarlo. Los crímenes nocturnos habían terminado, sus sábanas volvían a estar limpias y las mañanas recobraron la energía y la promesa de un nuevo día. Todo el mundo hablaba de lo robusto que se veía al joven príncipe, de que tenía más color en la piel, el torso henchido, como si lo que fuera que le hubiera estado afligiendo hubiera desparecido y hubiera sido reemplazado por el amor de una mujer.

A pesar de todo, su elección de esposa fue sorprendente: escogió a la condesa de Tagheria, quien a pesar de su belleza, tenía un aire glaciar y unos modales intimidantes, como si fuera una estatua demasiado valiosa como para ser tocada. Mientras otras rivales competían por la mano del príncipe, la condesa se limitó a reclamarla e insistió en que debían casarse a finales de la primavera, a lo que el príncipe no se opuso, como si hubiera estado anhelando un alma que dirigiera su destino. El rey pensaba que el príncipe debía escoger a una chica más vivaz; la reina pensaba que debía escoger a una más humilde; sin embargo, su hijo ya había dejado de hablar de demonios nocturnos, de manera que cedieron a sus deseos sin rechistar.

No obstante, conforme se acercaba la boda, el brillo del príncipe se apagó, la palidez del insomnio reapareció. Por la noche, permanecía despierto y acostado en sus aposentos, miraba la ventana que había dejado abierta de par en par y se preguntaba qué habría sido del chico que se alimentaba de él. Cuando conseguía dormir, era de manera intermitente y los sueños estaban repletos de manos amputadas y corazones desangrados. Fueron estos maleficios nocturnos, que le provocaban calor y escalofríos, los que se convirtieron en su vida real, donde los días fueron una bruma somnolienta. Su prometida ansiaba involucrarlo en la planificación de la boda, pero el príncipe le devolvía miradas vacías, como si fuera una desconocida.

Al poco tiempo, la propia mirada de la condesa se afiló, era una serpiente que estaba perdiendo de vista a su presa.

Por eso propuso que se fueran de viaje.

Una ruta de doce días por los reinos vecinos, que tendrían que demostrarles su amor y que estaría repleta de grandes desfiles, suntuosas cenas de estado y bailes de etiqueta, un brillante tributo a la pareja, que le recordaría al príncipe lo esperada que era su boda y todo lo que estaba en juego.

—Es una idea maravillosa —celebró el padre del chico, que pensaba que algo de tiempo en un espacio reducido con su prometida podría devolverle algo de brillo a su hijo.

Al poco tiempo hicieron las maletas y la pareja emprendió la marcha sin escatimar en gastos y, aunque al príncipe seguía inundándolo una intensa melancolía, satisfizo todos los deseos de la condesa en todo momento sin mostrar los suyos. De hecho, el príncipe solo le pidió una cosa a la condesa. Fue una petición bastante peculiar que la sorprendió: quería conocer, en cada parada que hicieran, a todo ciudadano que fuera manco.

Era un deseo fácil de satisfacer, sobre todo porque el humor del príncipe mejoraba notablemente al saludar a estas almas desafortunadas y darles bolsas de oro. El hecho de que el príncipe estuviera malgastando el tesoro real en personas mutiladas a las que no conocía irritaba a la condesa, pero no dejó entrever su descontento más que en una pregunta casual que hizo mientras salían de Ravenna.

—¿Por qué te interesan? Me refiero a esa gente por la que preguntas.

El príncipe permaneció en silencio y con la mirada fija en el exterior de la ventana del carruaje, como si se hubiera dejado algo atrás.

—Hay mucha gente que sufre —insistió cortante—. Es su destino. Una bolsa de oro no les devolverá las manos.

—El oro no es más que para que dé la cara —replicó el príncipe bruscamente.

—¿Para que dé la cara quién? —le preguntó su prometida.

El príncipe permaneció callado.

—¿Para que dé la cara quién? —repitió ella.

Su prometido se tomó su tiempo antes de girarse en su dirección y responderle:

—Un ladrón solía entrar por la noche en mis aposentos. Le corté la mano con una trampa. Ahora me gustaría devolvérsela.

—Un ladrón que entraba por la noche en tus aposentos —dijo la condesa, las palabras sonaban amargas en su boca—, y ¿ahora quieres premiarlo?

—No premiarlo —replicó el príncipe—. Solo devolverle lo que es suyo.

—A un *ladrón* —repitió su prometida.

El príncipe se volvió hacia su ventana. Había cometido un error al contárselo. Sobre todo, porque desde ese momento la condesa observó de cerca sus encuentros en cada uno de los reinos, en busca de cualquier indicio de que hubiera encontrado a la persona de la que hablaba. Sin embargo, la mirada del príncipe permaneció impasible, repartía el oro y se despedía de los desgraciados, hasta que por fin regresaron a casa. La condesa estaba feliz con que la búsqueda del príncipe no hubiera dado sus frutos.

O eso pensaba ella.

En Ravenna, el príncipe había encontrado al ladrón, aunque casi no lo había reconocido. Un par de marimandones habían obligado al chico a seguir andando, eran una pareja servil con ojos codiciosos que estaban claramente pendientes del oro que su hijo les había conseguido, mientras el muchacho retrocedía sujetándose el muñón de la muñeca. Casi no parecía el mismo: tenía las mejillas hundidas y cadavéricas, y los músculos mal alimentados. No tenía nada que ver con el maldito cupido que iba a beber del príncipe a la luz de la luna. En ese momento, el príncipe y el chico volvieron a mirarse a los ojos, el chico se encogió en las sombras, como si la luz solar pudiera hacerle arder hasta quedar reducido a cenizas. A cada paso que el príncipe daba en su dirección, el padre del chico y su horrible esposa lo bloqueaban, arrullaban y adulaban para conseguir más oro, alababan el tamaño, la fuerza y la virilidad del príncipe, hasta que este se hartó y arrojó la bolsa de monedas a la calle. El títere y la arpía se tiraron de cabeza al suelo para buscar cada moneda, mientras el príncipe se inclinaba hacia el chico y deslizaba una nota en su camisa, en la que le decía que fuera al bosque de Edan en la duodécima luna.

Como el príncipe y la condesa se casaron en la duodécima luna, los jardines del castillo rebosaban de cristales y luces, cientos de borrachos de la clase alta se encontraban entre el invernadero de naranjos, las piscinas de espejo y la fuente de Neptuno, el rey y la reina estaban sentados en sus tronos como jefes supremos mientras llevaban la cuenta de quiénes les saludaban con la mayor de las reverencias, mientras tanto los duques y los condes adulaban a la recién casada condesa sin dejarse intimidar por el anillo que lucía en el dedo. Nadie estaba prestando atención cuando el novio se escabulló hacia los bosques que rodeaban el palacio para encontrarse con el ladrón de

Ravenna, que lo estaba esperando tal y como él le pidió que hiciera.

Ninguno de ellos habló durante un largo rato, el chico estaba escondiendo el brazo del miembro amputado.

—Adelante —dijo, por fin el muchacho con sober-
bia—. Mátame. Para eso has venido, ¿no es así? Acaba
conmigo y ve a reunirte con tu esposa. Nadie notará mi
ausencia.

El príncipe rebuscó en el abrigo, y el ladrón se es-
tremeció, ya que era consciente de que debía aceptar el
castigo.

Sin embargo, en vez de eso, el príncipe había traído la mano amputada del chico.

La sostuvo a la luz de la luna antes de ofrecérsela y, al mismo tiempo, la mantuvo cerca, como si les perteneciera a ambos.

El ladrón no se movió, a pesar de que el príncipe no dejaba de acercarse.

El príncipe le agarró el brazo con cuidado, de manera firme y prieta, le colocó la parte que le faltaba y sus sombras se entrelazaron, como si fueran los dos lados de una luna.

Las lágrimas anegaron los ojos del chico y cayeron al suelo, haciendo que brotara una cama de rosas.

El olor drogó al príncipe e hizo que pusiera los ojos en blanco.

Se despertó de un sobresalto…

Había un reguero de sangre en el bosque, tenía la camisa rajada y nuevas heridas en el costado.

En ese momento volvió a la boda. Parecía una criatura salvaje de la noche, con el torso desnudo, salpicaduras de sangre, rosas enredadas en el pelo y, sin embargo, ahora todo el mundo se sentía atraído por él cuando antes no lo estaba. Su padre lo besaba mientras los borrachos se acercaban para olfatear y mostrar sumisión al príncipe y terminar inclinándose a su lado, al igual que haría una manada de perros con un lobo.

La condesa se dio cuenta.

La condesa también se dio cuenta cuando él construyó su propia torre en el castillo, más alta que las demás, con tan solo una ventana tallada en la piedra y con la entrada a la torre sellada con puertas doradas y talladas centímetro a centímetro con rosas.

No le dio ninguna llave a su esposa.

Que el príncipe quisiera encerrarse en cuatro paredes lejos de ella irritaba a la condesa, pero no tenía a quien quejarse, ya que el rey también se esmeraba en evitar a su propia esposa y, aparte de las habituales apariciones públicas, el rey y la reina se mantenían en alas separadas del castillo. De todos modos, había algo siniestro en que un joven apuesto y en la flor de la vida no hiciera caso a su mujer, incluso si esta daba vueltas por el palacio con vestidos de *chantilly* de encajes y sedas diáfanas. Sin embargo, cuando rechazas a la belleza mucho tiempo y la haces esperar, esta se convierte en bestia. La condesa colocó a sus propios guardias fuera de la torre del príncipe con el propósito de descubrir a sus visitantes, pero nadie iba. Puso a otros dos en lo alto de un árbol y les ordenó que vigilaran la ventana del príncipe, pero cada noche se quedaban dormidos, se despertaban al amanecer y solo recordaban un extraño olor a rosas. Esto hacía que ella sufriera en un silencio lleno de furia, que tuviera la cara ojerosa, el pelo descuidado y que sus ojos, antes brillantes como gemas, ahora fueran fríos y duros como piedras. Mientras tanto, el príncipe salía cada mañana de su chapitel dorado tan resplandeciente como un día soleado sin nubes, a pesar de las marcas del insomnio bajo los ojos y de las heridas rojas en la piel.

Si tan solo la condesa pudiera ser feliz con diamantes y champán. Después de todo, es el motivo por el que se casó con él, por los vestidos, los zapatos y la fama, y esas recompensas propias de una princesa seguían llegando de manera abundante. Sin embargo, el placer es solo un respiro fugaz. Cada mañana que el príncipe parecía ser más y más feliz, la rabia inundaba el corazón de la condesa, sentía un deseo intenso de castigar al príncipe por sentir una felicidad que ella no le había autorizado a sentir. Al poco tiempo, la condesa empezó a percibir la energía de la magia negra, la llamada de una bruja, mas qué es una bruja si no una princesa que ya no necesita a su príncipe.

En las profundidades de la noche, la condesa fue rumbo a la puerta de la torre del príncipe, a su cámara acorazada de rosas talladas, y cuchillo en mano se rajó la palma y manchó de sangre la puerta como si fuera un lobo marcando a su presa. Durante la noche, un hechizo de magia negra tuvo lugar: una enredadera en espiral de espinas gruesas y moradas, del color de un amor estrangulado, cubrió la torre de arriba abajo y tapó la ventana con dientes de espinas, similares a la trampa que una vez puso el príncipe en su cama.

Por fin, la condesa pudo dormir profundamente, ya que estaba segura de que la alegría del príncipe se habría esfumado, pero a la mañana siguiente se lo encontró en la mesa del desayuno con dos nuevas heridas cerca de su camisa desabrochada y con una sonrisa creciente dirigida inocentemente en su dirección, como si no lograra recordar por qué estaba ella allí.

Fuera, las espinas se habían convertido en rosas.

Se acabó la magia, decidió la condesa.

Se encargaría ella misma, tal y como hacía la peor calaña de brujas.

Esa noche, esperó hasta que el príncipe se encerró en la torre. Luego, afiló un cuchillo de trinchar en la cocina y trepó por la enredadera de rosas hasta la ventana. Entró en la habitación del príncipe, que estaba dormido y estirado bajo las sábanas, con media sonrisa dibujada en la cara, igual que una bella que espera que la despierten con un beso.

Esta noche no, pensó la condesa. Le cortó la garganta con el cuchillo, después bajó por las enredaderas de rosas y finalmente volvió sigilosamente a su habitación sonriendo de manera malvada.

A la mañana siguiente, se unió al rey y a la reina para desayunar, aun sonriéndose a sí misma, disfrutó de las tostadas azucaradas y las crepes de fresa y dejó que el almíbar le cayera por la barbilla, mientras esperaba escuchar los gritos provenientes de la torre una vez que las doncellas hicieran su ronda.

No obstante, cuando dieron las nueve, las puertas del comedor se abrieron y el príncipe entró canturreando en voz baja para sí mismo y le dirigió una mirada a su esposa. Tenía un anillo de rosas alrededor del cuello, justo donde ella le había rajado.

La condesa se levantó de golpe de la silla. Tenía los ojos encendidos, las mejillas coloradas y la sangre le hervía tanto en el interior que lanzó un grito asesino y golpeó el pie contra el suelo de piedra una y otra vez, hasta que este se rompió debajo de ella y la mandó directa a la muerte.

El rey y la reina siguieron comiéndose las tostadas, ya que esta era el tipo de cosa que sucedían entre los hijos y sus esposas.

En los siguientes días, el príncipe llevó al chico de Ravenna para que ocupara el sitio de la condesa en la mesa. En el cuello de la garganta del chico, había una cicatriz dentada, igual a una producida por un cuchillo de trinchar, con el mismo ancho y tamaño que el anillo de rosas que tenía el príncipe alrededor del cuello, como si compartieran la belleza y el dolor. El rey y la reina observaron al chico con la piel blanca como la luna y el pelo rojo salvaje y no le hicieron ninguna pregunta, ni el chico les dio respuestas y, de hecho, como no se hablaba de nada, había paz y tranquilidad, tal y como debería pasar en una familia. Hasta que un día el chico dejó de estar allí, puesto que le prohibieron entrar al castillo.

—Quiero un nieto —le dijo el rey al príncipe. Lo dijo usando el mismo tono de voz que ya usó cuando le dijo al príncipe que tenía que casarse.

El príncipe miró la silla que tenía delante de él. La del chico que faltaba.

—Algún día serás rey —insistió su padre— y un rey debe tener un heredero.

Los ojos del príncipe permanecieron fijos mirando la silla vacía.

—Dame un heredero y mis guardias dejarán de vigilar tu ventana —le prometió el rey.

En ese momento, el príncipe lo miró.

—Ojalá los padres invirtieran en amor tanto como lo hacen en sus hijos —respondió.

El príncipe se recluyó en la torre y no volvió a salir, ni para comer, ni para ir a la corte, ni para conocer a las hermosas chicas a las que enviaban a la torre y que estaban deseosas de darle al príncipe un heredero. Furioso, el rey mandó guardias para que sellaran la ventana del príncipe, pero cada noche, los hombres olían rosas y se dormían hasta que un claro y brillante sol les despertaba, y cada mañana las doncellas sacaban de la habitación las sábanas manchadas de sangre. Noche tras noche, estación tras estación, rosas y sangre, como un rito matrimonial, el príncipe y su visita invisible, hasta que el rey se rindió y retiró a los guardas, dando a su hijo por perdido.

Entonces, un día, algo extraño sucedió.

Una doncella estaba cambiando las sábanas, para quitar las manchas habituales, pero cuando se dio la vuelta, la sangre había desaparecido y, en su lugar, había un niño.

Un niño pequeño con el pelo rojo como una rosa.

El rey fue corriendo nada más enterarse, con el objetivo de arrebatarle el niño al príncipe, pero lo dejó caer sorprendido:

—¡Me ha mordido! —dijo.

El niño también mordió a la reina.

El único al que el niño no le hacía daño era al príncipe, de manera que vivió con él en la torre, alejado de todo el mundo, a excepción del ladrón que entraba por la ventana todas las noches para verlos a ambos hasta el amanecer, como si fuera una visita de la madre luna.

RAPUNZEL

CUIDADO CON LOS PADRES QUE ANSÍAN
tener un hijo para enmendar un corazón roto.

A menudo vienen con la mejor de las intenciones, como este, que tiene el pelo, que una vez fue rojo como una rosa, cano, la carne flácida y una joroba en la parte alta de la columna vertebral. Un hombre que una vez fue un niño cuyos padres lo encerraron en una torre, lo asfixiaron con amor y lo acapararon, hasta que fue demasiado tarde como para que fuera capaz de encontrar el amor por sí mismo. Ahora anhela tener un hijo, pero sabe que podría quererlo demasiado, del mismo modo que sus padres lo quisieron a él, de manera que, en su lugar, se ocupa de un jardín que se ha convertido en todo su mundo. Las coles, los puerros y las judías. Los jacintos, las campanillas y las dedaleras. Un jardín que él controla, pero que no le guarda rencor. Al contrario, prospera mientras él mima cada brote y hace que crezca grande y fuerte hasta que llega el momento de cortarlo y venderlo por algunas monedas. Sin embargo, hay una cosa en el jardín que no está a la venta: la rapunzel, que tiene las hojas más verdes que existen y que florece en trenzas onduladas y enroscadas, el tipo de trenzas que su padre le hacía en el pelo cuando lo tenía demasiado largo, el pelo que ahora se ha vuelto fino, dejando parches contra su cráneo aceitoso. Lo que él más quiere es a su rapunzel, a la que deja crecer y crecer, mientras se retuerce y gira sobre sí misma como una rueca rota, como una aguja torcida hacia la luna, antes de que al final su vida se acabe, se marchite y se caiga. Lo que le sirve como recordatorio de que no puede proteger aquello que ama y por eso no debe tener un hijo. No obstante, por ahora le basta, rapunzel, rapunzel, creciendo y cayendo una y otra vez, la vida y la muerte en una torre trenzada, el único y verdadero amor de su corazón.

Por otro lado, una mujer tiene hambre.

Tiene vistas al jardín desde su casa, un bonito chalé de tres plantas y con dos doncellas. Tiene todo lo que podría desear: un marido, una casa, un hijo en el vientre, y aun así no le basta, no cuando la rapunzel está ahí, tan frondosa y exquisita, creciendo con el único propósito de morir. Ella fulmina con la mirada a la escuálida figura que merodea en el jardín, con una capa con capucha, una marcada joroba y unos mechones de pelo pringosos. ¿Qué clase de bruja deja florecer tal jardín con el objetivo de matar al ejemplar más hermoso?

Que confunda al hombre con una bruja es desacertado; si hubiera sabido que se trataba de un hombre, le habría preguntado ella misma, pero todo lo que ve es a una bruja, de manera que le dice a su marido que salte a hurtadillas la valla cuando la luna esté alta y robe la rapunzel por ella. Su marido sabe muy bien que debe mantenerse alejado del jardín de una bruja y, además,

esos antojos pasan. Sin embargo, este no, porque su mujer anhela algo más que la rapunzel: ella desea el amor que la bruja vierte en la planta, el amor que ella quiere sentir por sí misma y comer, saborear y consumir en su vientre, donde ahora yace su bebé.

—¿No te das cuenta? —le dice a su marido—. Tengo que hacerme con ella. Si no, moriré.

El hombre no sabe qué responder a esas cosas.

Por tanto, la siguiente noche, se cuela en el jardín, después de que la bruja se haya ido, y roba un manojo de las hojas trenzadas, no las suficientes para satisfacer a su esposa, pero sí las suficientes para que se note su ausencia. Cuando el marido vuelve a por más, la bruja está preparada, le acorrala contra los jacintos y le pone un cuchillo en la garganta. Que la bruja sea un hombre solo sirve para asustar aún más al marido, que ruega por su vida, por la de la esposa a la que ha dejado en casa, así como por que no deje a su hijo no nato sin padre...

Ha hablado más de la cuenta.

Puede verlo en los ojos del hombre.

Este brujo quiere al niño.

A pesar de que eso será malo para el niño.

A pesar de que no es su hijo.

Pero, aun así, ya le ha puesto nombre.

Rapunzel.

El marido no está tan convencido.

Hace un trato: el niño a cambio de su vida.

Tal y como se lo cuenta a su esposa, no tenía otra opción.

¿Qué puede hacer ella? Está amarrada a su destino.

Si él muere, también lo hará ella.

Así que no hay duda.

El bebé nace y luego lo secuestran.

Atrás quedó el jardín, que siguió creciendo por encima de las vallas hacia nuestras casas, salvaje y sediento de amor.

Es algo confuso que una chica que crece en una torre sueñe con el mundo exterior.

¿Cómo puede soñar con algo que no conoce?

Ya tiene quince años. Qué rápido pasa el tiempo cuando todos los días son iguales y no hay nada a lo que agarrarse, ni que recordar. Cuando mira por la ventana, no ve más que hectáreas de bosque y el foso de espinas que hay bajo su alcoba. Su cabello es la única manera que tiene de medir el paso del tiempo, sus trenzas brillantes y suaves que son del color de un huevo dorado y que cada semana su padre trenza un poco más largas, hasta que son tan largas como la propia torre. Cuando era más joven, solía preguntar por qué no podía salir y deambular libre como hacía él, por qué no podía correr por las lindes del bosque con los cerdos, los perros y las cabras que ella veía corretear dentro y fuera de la espesura, por qué no podía recoger las rosas silvestres que había entre la torre y los árboles, pero entonces su padre volvía con ramos de rosas o un cerdito o un cachorro o un cabritillo y ella aprendió que él podría llevarle a la torre todo aquello que deseara del exterior, como si fuera el hada de un cuento. Cada año, los regalos era más extravagantes: vestidos de baile de seda de moreras cosidos con cristales, tartas de mil crepes con crema de vainilla, macetas de orquídeas y gloriosas, una colección de pájaros, gatos y conejos que se unieron al cerdo, el caniche y la cabra que ya habían crecido. No sabe de dónde provienen estas cosas; él sale cada día al bosque y vuelve con nuevos tesoros. Su habitación, que antes era humilde, ahora es un palacio de alfombras marabús, sábanas de lana y ricos jabones y cremas, hasta que está tan a gusto y tranquila que no piensa en volver a salir, solo en los regalos que él traería de vuelta. Además, ¿no le leyó Padre una vez la historia de un chico llamado Jack que trepó por el tallo de una habichuela para robar un tesoro? ¿Y la moraleja de la historia no era dejar que los hombres se encargaran de robarle a los gigantes? Ella ha aceptado la pereza de dejarse mimar, la dulzura de ser el ojito derecho de alguien. Solo trabaja los veinte minutos que su padre tarda en trepar por su pelo cuando vuelve a casa, cada vez que grita sin aliento: *¡Rapunzel, Rapunzel, deja caer tu cabello!* como si temiera que no fuera a responder a su llamada, como si le preocupara que hoy sus cuerdas de oro no aparecieran. Ella se aprovecha de eso, como no podía ser de otro modo. Cada vez, espera algo más antes de soltar el pelo y, aun así, siempre siente alivio cuando escucha su llamada, porque hace que se sienta como una princesa, aunque no sea más que una chica sin mucho que hacer.

Sin embargo, algo ha cambiado.

Ella tiene menos paciencia con su padre, como si el ritual hubiera pasado de moda, pero no hay nada que lo pueda reemplazar, nada por lo que cambiarlo. Le grita, él se enfada, ella se arrepiente y los dos permanecen unidos por esa extraña cuarentena a la que ambos llaman amor. Ahora se mira más en el espejo, se relaja en el baño bajo las burbujas y se pinta los labios para absolutamente nadie. Su sueño es sudoroso y áspero: las sombras salen de la noche, la esposan a la cama con su pelo. Al principio se asustó cuando tuvo esos sueños, luego los echó de menos cuando dejó de tenerlos. Su padre le insiste en que no hay nada que descubrir en el mundo, que él puede darle todo lo que ella desea. Ahora sospecha que le miente.

Él se aferra todavía más. Ella ve el modo en que él la vigila, como un halcón rastreando a un conejo que puede escaparse, el reflejo de su dura mirada en el espejo mientras ella se deleita en su propia belleza. Por primera vez, se siente atraída por alguien que no es él. El hecho de que ella sea la fuente de su propio placer no le ofrece ningún consuelo. Cuando ella canta por la ventana, él le grita para que se calle, como si un vecino pudiera oírla. Cuando le trepa por el pelo, lo agarra y tira de él como si le perteneciera. Cada uno de ellos anhela algo más, algo para lo que no tienen palabras, sus almas se limitan a darles pistas pero no tienen el valor de nombrarlo, así que en su lugar se aferran el uno al otro, como la bola de un prisionero a su cadena, en esta cárcel de su propia creación.

Entonces, un día él se demora demasiado, y cuando los pájaros se acercan a su ventana para pedirle una canción, ella canta hacia el cielo sin restricciones, ya que su padre no está allí para controlarla.

Oye una voz...

¡Rapunzel, Rapunzel,
deja caer tu cabello!

Es profunda, serena, sin tono de advertencia. No suena como su padre, pero, a pesar de todo, tiene que ser él. Ella suspira y entrecierra los ojos en el abismo del crepúsculo. Él trepa por su pelo con más gracia y cariño de lo normal, como si temiera hacerle daño.

Oh, no, piensa, *está intentando ser amable para hacerme pensar que su casa es un hogar feliz.* De repente desearía haberlo abandonado. Haber hecho una maleta y haber escapado, pero ¿cómo habría bajado? ¿Dónde iría? Piensa en ello todos los días. Justo en el momento en que él llega a casa. Cuando es demasiado tarde. A lo mejor mañana. Su padre alcanza el borde...

Retrocede sorprendida y cae sobre el suelo de piedra con el pelo enredado alrededor el cuello como un collar.

Este hombre no es su padre.

Aparenta su edad, puede que sea unos años mayor que ella, tiene la piel morena, los ojos grises como el humo, la nariz grande y marcada y la boca gruesa y sonriente. Tiene un aro dorado en la oreja derecha y la cabeza cuadrada y rapada.

¿Quién habría dicho que alguien podía ser tan guapo con tan poco pelo?

Sus mascotas no hacen ningún ademán de defenderla de él, ya sea por miedo o por pereza.

Él le dice que es el príncipe de Aneres, que la ha escuchado cantar mientras paseaba a caballo por el bosque, que la ha observado durante semanas y que ha esperado un momento en el que su guardián estuviera fuera mucho tiempo para intentar que ella le dejara subir a él en su lugar. Ella casi no escucha nada de lo que le está diciendo, ya que está fascinada por el pelo de caballo que tiene en las mangas y la espada que tiene atada en el cinturón. Solamente cuando él se calla ella se da cuenta de que es un desconocido, que ella no lo había invocado desde las sombras de los sueños.

—¿Qué quieres de mí? —pregunta Rapunzel.

—Muchas cosas —contesta él. Mira alrededor de la habitación, el sinfín de comodidades, la gran cantidad de plantas, las mascotas sobrealimentadas—. Pero, principalmente, sacarte de aquí.

—Mi pelo es la salida. Tú puedes irte, yo debo quedarme —le dijo.

—Pues vendré cada día hasta que encontremos una manera de salir juntos —le promete él.

Ella no sabe qué responder. Al menos con palabras. Su cuerpo se acerca al de él, como si también quisiera cosas de él, aunque no sepa cuáles son, pero en la quietud, ella sabe qué hacer, sus labios se acercan mientras los de él se inclinan.

Qué cosa más extraña es un beso, piensa ella. *¿Quién lo inventaría?* Sin embargo, en ese momento ya no hubo más pensamientos hasta que separaron las bocas.

—Quiero más —dice ella.

El príncipe sonríe y le responde:

—Mañana.

Después, se va y ella escucha el sonido de los cascos castigando la tierra con suaves y uniformes golpes, hasta que se queda en silencio, como cuando pasa una tormenta.

El padre vuelve y se muestra receloso. Olfatea y merodea por la habitación, como un perro cuando detecta una amenaza. No se fija en la huella de bota que hay junto a la ventana y que la cabra raspa, ni en el pelo de caballo que tiene Rapunzel en el pecho y que su gato lame. (Resulta que ni miedo ni pereza, sino ¡esperanza!). Aun así, su padre sabe que algo va mal y la regaña por estar despeinada y tener el pintalabios corrido, y mientras él duerme abrazado a su almohada y ronca fuerte, ella se pregunta si él será capaz de oler los besos.

El príncipe vuelve al día siguiente.

Antes de que pueda hartarse de sus besos, él quiere hablar.

—Mis guardianes y yo tenemos un plan para rescatarte —le dice—. Mañana te vendrás conmigo.

—¿A los confines de la tierra? —pregunta ella.

—A mi castillo —le responde.

—Ah —suspira Rapunzel—. Otra torre.

—Una más grande —insiste el príncipe, arrodillado y con la espada brillando en la cadera—. Serás mi esposa. La esposa de un príncipe, como las chicas de los cuentos.

Rapunzel mira en su dirección. Su padre nunca le leía cuentos como ese. Todas las historias que le contaba eran sobre chicas buenas que se quedaban en casa mientras los hombres mataban a los monstruos.

—Cuéntame más sobre ser una esposa —le pide.

—Vivirás en mi palacio con sirvientes, doncellas y cortesanos que te concederán todos tus caprichos —le responde.

—Qué opresivo —replica ella.

—Tendrás todos los vestidos, los diamantes y las riquezas con las que hayas soñado. Recibirás regalos de todo el mundo, ofrecidos por los emperadores y los reyes que nos visiten.

—Aquí tengo riquezas y no tengo que vestirme de gala para otros con tal de conseguirlas —contesta

Rapunzel—. Además, ¿quién quiere regalos de gente a la que ni siquiera conoce? Qué artificial.

—La esposa de un príncipe le ayuda a gobernar su reino en paz y prosperidad —le dice el príncipe con severidad.

—Qué cansado —replica Rapunzel con un bostezo.

El príncipe se pone de pie.

—¿Qué quieres entonces?

—Correr libre por el bosque en camisón y bailar bajo la lluvia —contesta.

Le gusta lo mucho que él se está irritando, pero es la verdad. No puede pensar en otra cosa cada vez que llueve: cómo será no estar a cubierto, qué se sentirá al dejar que te moje.

—Solo una loca haría eso —la regaña el príncipe—. Mi esposa, no.

Ayer se habría ido adonde este hombre le hubiera dicho que fueran.

—Pues no, gracias —le contesta.

El príncipe la mira y dice:

—¿Qué?

—No quiero ser tu esposa —explica Rapunzel—. Solo quiero tus besos.

—Así no funcionan las cosas —refunfuña el príncipe—. Para que te besen, tienes que casarte.

—Menudo sinsentido —resopla ella—. Solo eres mi primer beso. Tendré que probar cómo besan otros también… Además, ¿cómo sé yo que no hay mejores fuera de aquí si no te beso más que a ti?

El príncipe se sonroja, como si no estuviera acostumbrado a discutir con chicas. Si hay algo que ha aprendido ella de vivir con un hombre es que los hombres necesitan que les pongan en su sitio.

Sin embargo, este no va a ceder.

Él la está mirando del mismo modo que ella a él.

Cada pensamiento del otro está a la orden del día.

—¿Sabes cuántas chicas querrían casarse conmigo? —le pregunta el príncipe con un gruñido.

—Parece que se dejan comprar fácilmente —contesta Rapunzel.

El príncipe hierve de rabia. Sus labios, antes encantadores, ahora se tuercen en una mueca de desprecio. Por un momento, el príncipe le recuerda a su padre.

—Has estado sola demasiado tiempo —replica el príncipe caminando hacia la ventana—. Volveré mañana y cambiarás de parecer.

—No hace falta —responde Rapunzel—. Esperaré a un príncipe que no ponga precio a sus besos.

—Ese príncipe no existe —le promete él.

—¿No? Pues ya veremos lo lejos que llega mi canción.

El príncipe lanza un nuevo ataque verbal:

—Si un príncipe besa a una chica que no es su esposa, entonces esta no es una princesa, sino *una bruja*.

—Creía que habías dicho que ese príncipe no existe —le recuerda Rapunzel—. Así que para hacer esa suposición, alguno debe de haber y, además, tú has besado a una chica que no es tu esposa, en más de una ocasión. Así que parece que te van las brujas.

Rapunzel se relame los labios mientras lo mira y añade:

—Me pregunto en qué te convierte eso *a ti*.

La sangre del príncipe le tiñe las mejillas. Echa rayos por los ojos. Desenfunda la espada del cinturón y, de un solo paso, arremete contra ella y le corta el pelo una, dos y hasta tres veces, dejándolo tan corto que parece el pelaje de la cabeza de un duende.

—A ver quién te besa ahora —mascula.

La cabra, el cerdo y el perro se abalanzan sobre él, como una manada de guardianes, y el príncipe sale disparado de la torre, con el pelo enredado a su alrededor, y se sumerge en la bahía de espinas.

Cuando el padre regresa, se encuentra a un chico cegado retorciéndose entre las zarzas y rodeado por los mechones de su hija.

Las lágrimas anegan los ojos del padre.

Buena chica, piensa, *buena chica*.

—¡Aléjese! ¡Hay una bruja en la torre! —grita furioso el chico al escucharlo acercarse— ¡Aléjese!

El padre se inclina sobre él.

—No es una bruja —lo tranquiliza—. Es mi princesa.

Sus lágrimas caen sobre los ojos del chico y le devuelven la vista.

El príncipe lo mira y sale corriendo.

No hay forma de llegar hasta ella.

Las trenzas están hechas añicos. La cuerda dorada está deshecha.

Ella está allí arriba, y él aquí abajo.

De forma que planta rapunzel debajo de la torre y lo mismo hace ella arriba, en una maceta en la ventana, los zarzillos crecen hacia abajo.

Poco a poco sus vides buscan las de ella y las de ella buscan las de él, creciendo fuertes desde ambos extremos, mes tras mes, rapunzel a rapunzel, hasta que dos mitades se tocan.

Ahora está listo, el puente está completo. El padre sube y la hija baja, y antes de que se encuentren a medio camino, la lluvia de medianoche los empapa, como en un perfecto felices para siempre. Él se aferra a ella, la preciosa Rapunzel, y por fin se pregunta si será suficiente, este amor que ella ha cultivado para alcanzarlo, este amor que podría finalmente llenar el hueco de su corazón. Entonces abre los ojos y ve que lo que está abrazando no son más que las hojas entrelazadas, nada más y cuando mira hacia el gran jardín de la noche, ve una sombre que baila libre bajo la lluvia, como un espíritu robado de camino a casa.

JACK
Y LAS
HABICHUELAS
MÁGICAS

¿QUÉ SE HACE CON UN CHICO COMO JACK?

Tiene 14 años y todavía espera que sea su madre quien le unte la mantequilla en las tostadas. Qué ociosos son sus días, que se basan en lanzar piedras, inventarse canciones y mirar las nubes. Cuando más se activa es cuando ve pasar a una chica guapa, entonces hincha el pecho, solo para que su madre saque la cabeza por la ventana y le grite: *¡Jack, ve a ordeñar a esa vaca inútil!*

Se dirige al establo para ordeñar las ubres de Milky White, al mismo tiempo que desearía tener una casa propia en la que vivir con Milky, en lugar de hacerlo aquí, donde no respetan a ninguno de los dos. No le gusta su madre, sobre todo porque a ella no le gusta él, y sueña con llegar a ser alguien y restregárselo en la cara, porque anda que probar que alguien que te trata como a un Donnadie se equivoca contigo no sería un buen final. Aun así, no es capaz de dejar de depender del trabajo de su madre, como si a cuanta peor estima le tuviera ella, más se aferrara él a ella comiendo la comida que ella prepara, agotando el agua caliente, entrando en casa con las botas llenas de barro y rompiéndole las cosas como si fuera un ladrón gigante, hasta que ella deja de intentar que la casa esté ordenada porque, total, ¿qué sentido tiene?

Como es natural, ella culpa al padre, puesto que es su deber meter a Jack en vereda, pero el hombre era tan inútil como el hijo. Se dedicaba a pasearse ocioso por la calle, parlotear con extraños y pedirles monedas, con el objetivo de conseguir cambio e ir a perderlo jugando a los dados, donde apostaba grandes sumas que ni siquiera tenía y terminaba en perpetua deuda con hombres más inteligentes y sobrios que él. Siempre regresaba a casa cuando la luna estaba ya en lo alto del cielo, borracho y enumerando todos los tesoros que compraría cuando su suerte cambiara. Antes de que su mujer pudiera abofetearle, le daba un beso y le recordaba: *¿No fui yo quien ganó a Milky White con una buena tirada de dados? ¿No fui yo quien te dio un hijo?*

Y qué podía contestar ella si ambas cosas eran ciertas. Y qué podía contestar ella cuando él consentía a Jack y le decía que tenía el encanto divino de su padre y que chicos como Jack se casaban con mujeres que estaban por encima de sus posibilidades, tal y como su padre hizo. Eso también era cierto, ya que la madre de Jack en su día era la doncella Alina, una chica encantadora y trabajadora a la que todos los chicos del pueblo querían como esposa, pero eligió al padre de Jack porque era tan guapo como perezoso, y pensó: *Es mejor casarse con uno guapo, porque la pereza es algo que se puede cambiar.* Le sirvió para aprender la lección, ¿o no? Lo vio holgazanear con cada centavo que tenían, mientras sus deudas no hacían más que crecer, hasta que un día, los prestamistas vinieron a buscarlo, cinco sombras corpulentas en la puerta, similares a los espectros de unos gigantes, que se lo llevaron y nunca lo trajeron de vuelta. Eso es lo que pasa por casarse con un hombre al que crees que puedes cambiar. Ahora ella es pobre, está sola y atrapada con su hijo, que es tan inútil como su padre y que tampoco cambiará.

Era bastante obvio lo que le había pasado al hombre, por supuesto, y la viuda pensaba que Jack habría entendido perfectamente que su padre estaría ahogado en el pantano o enterrado en un hoyo, así como que el chico habría tomado buena nota del aviso y volvería al buen camino. Qué poquito lo conocía. Jack terminó por inventarse su propia historia: Papá no estaba muerto, sino que se lo habían llevado a un lugar del cielo donde lo habían coronado rey, y para cuando su madre quiso contarle la verdad, ya fue demasiado tarde.

—Eso es lo que él *quiere* que pienses —respondía Jack. Tal y como él lo contaba, su padre había encontrado su final feliz, libre de las garras de su mujer y rodeado de incontables riquezas en un castillo lejano mientras esperaba que su hijo se uniera a él—. Algún día vendrá a buscarme —insistía Jack—. Ya lo verás.

La viuda se dignaba a apretar los dientes y a seguir untándole mantequilla en el pan, ya que tenía claro que su hijo era más iluso que su padre. No tenía ninguna duda: Jack viviría con ella hasta que ambos fueran viejos y tuvieran canas, porque ¿qué chica se casaría con un chico como él?

Tal y como ella lo ve, él ni siquiera tiene encanto. Esos ojos saltones verdes, tal vez, la sonrisa torcida y esa mata de pelo castaño que no deja de soplar para apartarla de los ojos, *fiu, fiu, fiu*. No obstante, siempre tiene la ropa desarreglada, los cordones desatados y va de un lado a otro andando con las piernas largas y flacas y moviendo el trasero, como si nadie le hubiera enseñado a caminar en condiciones. Jack sabe que no se puede discutir con ella, de manera que se guarda todo lo que le quiere decir y se lo lleva al granero para decírselo a Milky White. La vieja vaca lo escucha de forma obediente. Tiempo atrás era un animal puro y dulce, al que ganaron en una partida de dados y que pasó de manos de un hogar en muy buenas condiciones a pastar aquí, en un patio medio muerto, falto de alimento y sin espacio para moverse, hasta que no quedó más que un saco de huesos perezosos que no produce más que unos pocos chorros de leche cada mañana antes de desplomarse de un pedo y bostezar para volver a dormirse, pero Jack la adora y se acurruca en su vientre como si fuera su verdadera madre, esa que no le juzga, ni le regaña ni le grita y, a cambio, él le da a escondidas la mitad de su cena la mayoría de las noches.

—Si te preocuparas por mí tanto como lo haces por esa vaca —se lamenta la madre de Jack—, conseguirías un trabajo. Te ganarías tu jornal. Te convertirías en alguien de provecho.

—Para Milky White ya soy alguien —replica Jack.

—Llegará el día en que Milky White deje de producir leche y tengamos que venderla por algunas monedas. Ya veremos lo que piensa de ti entonces —le espeta su madre.

Sin embargo, Jack se limita a reírse y a responder con voz aguda:

—Milky White es una vaca mágica y las vacas mágicas nunca dejan de producir leche.

Y, claro, ¿qué se puede responder a eso?

Mas, como no podía ser de otra manera, llega el día en el que Jack sale con el cubo de la leche para ordeñar a la vaca y vuelve sin una sola gota, por la mañana, al mediodía, por la noche, mientras Milky White se acurruca y espera que llegue su cena, a pesar de no haber hecho nada para ganársela. Aun así, Jack la quiere como si fuera un premio, incluso aunque ya no dé leche, y esto hace que su madre ponga el grito en el cielo, ya que esta era la forma en que ella adoraba a su fútil e insensible padre hasta que los arruinó a ambos.

Se acabó.

Ya es hora de que el chico crezca.

A la mañana siguiente, la madre ata a la vaca con una cuerda pesada.

—Vamos a vender a Milky White —dice—. La llevaré al carnicero para que nos dé un precio justo.

—¡No! ¡Conseguiré un trabajo! ¡Trabajaré día y noche! ¡Haré lo que sea! —grita Jack.

—Inténtalo —le reta su madre.

Jack lo intenta, pero nadie lo quiere, ni el herrero, ni el molinero, ni el panadero, ya que habían conocido al padre, por tanto, también conocían al hijo. Solo el barrendero se apiada de él y le ofrece dos peniques por un día de trabajo recogiendo el estiércol de los caballos que pasan, pero Jack solo dura hasta la hora de comer, ya que el olor y el dolor debilitan su determinación, así como pensar en que su padre está en el castillo celeste contando todo el oro que podría ser de su hijo.

—Pues no hay más que hablar —dice la viuda, lista para negociar el precio, mientras saca a la vaca por la puerta e ignora las súplicas de Jack.

—Deja que yo me encargue —le ruega Jack, que le bloquea el paso—. Si no, sabrá a dónde va y se asustará.

La viuda no puede negarle eso, ya que tendrá que vivir mucho tiempo con el chico una vez Milky White se convierta en carne, y necesita que él esté en paz consigo mismo.

—¡Venga, rápido! —resopla su madre— No aceptes menos de diez monedas de plata por ella si no quieres que te dé una paliza.

Es un buen paseo de despedida. El chico y su vaca mágica, esa que dejó de producir leche, pero nunca amor, andando uno al lado del otro a lo largo del camino de tierra que va desde las cabañas hasta la plaza del mercado. Cada pocos pasos, Milky White mira a Jack con sus ojos tranquilos y cristalinos, pero él se limita a besarla en el morro y a rascarle la oreja, como si fueran a estar juntos hasta el fin del mundo, donde su padre le espera en campos de oro.

Milky White es más consciente de la realidad. Huele al carnicero de lejos.

Sin embargo, conforme se acercan, Jack ve a una mujer a un lado del camino. Está de pie en la hierba, tiene los brazos cruzados por encima de la blusa blanca a medio cortar y de la colorida y ondeante falda que viste. Tiene la piel de un color marrón intenso y suave, los labios pintados de un rojo peligroso y los ojos con motas verdes. Lleva unos aros de oro que le cuelgan de la muñeca y otros que le bailan en las orejas.

—Pobre criatura —dice cuando mira a la vaca—. Algunos animales tienen almas viejas.

—Es mi Milky. Es una buena chica —comenta Jack—. Voy a pedir diez monedas de plata por ella.

La mujer frunce el ceño.

—¿Diez monedas de plata? Oh, no. No, no. Vale mucho más que eso. —Agarra la oreja de Milky White y añade—: Véndemela a mí. Cuidaré bien de ella. Nadie se la comerá.

Jack se tensa.

—Y ¿me dejarás que vuelva a comprártela cuando consiga el dinero?

—Solo si tu precio es tan justo como el mío —le responde ella.

—¿Cuánto me ofreces? —pregunta Jack.

La mujer saca del bolsillo cinco pequeñas vainas, tan verdes como esmeraldas, que tiemblan bajo la luz del sol.

—¿Habichuelas?

—Habichuelas *mágicas* —matiza ella.

—*Bah* —empieza a replicar Jack, pero ella se acerca a él, le pone la mano en la espalda y se susurra en el oído:

—Plántalas en tu jardín y crecerán hasta alcanzar el cielo. Más allá de las nubes. Te esperan nuevos mundos y podrás olvidarte de tus problemas.

Él la mira, sus ojos son hipnóticos y su aliento, dulce.

Papá, piensa Jack.

En casa, la viuda se ha quedado sin mantequilla. El pan está seco.

Jack vuelve a casa como un prisionero recién salido de la cárcel, sin la vaca a su lado.

—Buen chico —suspira su madre—. ¿Cuánto te han dado por ella? ¿Diez? ¿Quince?

El abre la palma de la mano, las habichuelas no brillan ante la falta de luz.

—¡Son habichuelas mágicas! Crecen hasta…

No tiene tiempo de terminar la frase. Su madre lo apalea hasta que se pone el sol y lo manda a dormir sin cenar.

Jack llora en su cama. La paliza le ha proporcionado algo de sentido común. Está a punto de cumplir quince años. No tiene vaca, ni novia, ni respeto, solo un puñado de habichuelas. Qué iluso. Seguro que esa mujer lo vio y supo que podía aprovecharse de él. Piensa en Milky White. Puede que ahora tenga un buen hogar o puede que la mujer se encargara de venderla al carnicero. Pobre vieja vaca. Le ha fallado, igual que su padre le falló a él. No hay ningún palacio en el cielo, igual que no existen habichuelas mágicas que solucionen sus problemas. Su madre tiene razón. Siempre ha tenido razón. Tira las vainas por la ventana y esconde la cabeza debajo de la almohada. Mañana volverá a la ciudad. Mañana volverá a recoger estiércol, con la cabeza bien alta.

La mayoría de los días, un rayo de sol directo a los ojos despierta a Jack, seguido de los ruidosos mugidos de Milky White, que pide su desayuno para poder volver a dormir. Sin embargo, hoy no hay ninguna de las dos cosas, ni sol endiablado ni vaca penosa, solo un grueso abrigo de oscuridad que lo mantiene acurrucado en la cama hasta que está bien descansado, se da la vuelta con un bostezo y divisa por la ventana el gigantesco tallo de habichuelas que ha crecido en su jardín.

Jack se cae de la cama.

Se pone los pantalones al mismo tiempo que sale de la casa, algo que nunca es una buena idea y que le hace caer de bruces en una zona de barro. Lentamente, levanta los ojos hacia la cosa en el cielo, un colosal poste verde del ancho de dos elefantes, que se retuerce hasta las nubes, mucho más allá de lo que puede ver. Su madre está allí en el jardín, los vecinos también, todos protegiéndose los ojos y petrificados, mirando hacia el tallo de las habichuelas, como si estuvieran esperando a que algo baje o a que alguien suba.

Yo, piensa Jack, *tengo que ser yo.*

Porque fue él quien consiguió las habichuelas mágicas.

Lo que significa que la mujer que se llevó a Milky White le dijo la verdad y, si le dijo la verdad sobre las habichuelas, eso significa que también dijo la verdad sobre…

Allá que va, salta al tallo de habichuela como si fuera un lagarto que busca refugio, se agarra con las manos a los salientes venosos y se impulsa hacia arriba.

—¡No, Jack! —grita su madre, que tiene sentimientos encontrados, como si ahora él fuera a convertirse en el problema de otra persona.

Paso a paso, Jack trepa, el olor del tallo de habichuela es tan agradable, intenso y fresco que puede sentir cómo su corazón se hincha, como si esto fuera lo que la vida debería ser, grande, indomable y misteriosa, nada que ver con la vieja ciudad de mierda que ha dejado atrás. Sin embargo, está famélico tras tanto esfuerzo, además del hambre acumulada al no haber cenado ni desayunado, pero aun así persiste, las nubes se acumulan a su alrededor, los pájaros le picotean la espalda al no saber si es amigo o enemigo. Solo vacila una vez, se le resbalan los pies y el cuerpo cae antes de atrapar una liana con las manos y, por primera vez en su vida, siente que su suerte ha cambiado.

Por fin, alcanza la cima, una fronda verde y firme conectada con más frondas verdes, como un laberinto de nenúfares en medio de una selva cálida y húmeda en

la que todo parece ser el doble de grande de lo que debería, los árboles, las rocas, las flores, las frutas... Busca algo de comida y entonces escucha un poderoso rugido y ve que los alces y los lémures pasan a toda velocidad con miradas de espanto que dicen que no hay comida que encontrar porque tú *eres* la comida, de manera que Jack sale corriendo, aunque no sabe de quién está huyendo ni hacia dónde está corriendo...

Entonces aparece una casa. Más grande que cualquiera de las que haya visto antes. O, al menos, más alta. Es tan grande como un castillo, la madera es mohosa y verde, tiene dos alas además de la central y todas las ventanas están cerradas. Parece una gárgola dormida que está enredada entre ramas dentadas, como si la selva hubiera brotado a su alrededor. La aldaba de la puerta es de oro macizo y es la cara de un monstruo, lo que hace que Jack se pare, pero entonces vuelve a oír el rugido y a más animales correteando, así que golpea la puerta, *toc, toc, toc.* Jack se limpia la cara y se sopla el pelo que le cae sobre los ojos, *fiu, fiu, fiu,* pero no aparece nadie. Jack vuelve a llamar a la puerta.

Esta vez, la puerta se abre.

El estómago de Jack da un vuelco.

—¿Papá?

Se parece a él, tiene la barba tupida y marrón, la melena espesa y la frente arrugada, solo que está más delgado, mucho más delgado, no tiene barriga ni pecho grande y suave, solo una piernas desnudas y huesudas que sobresalen como palos. No parece reconocer a Jack en absoluto cuando le dirige una mirada firme.

—Yo no soy tu padre —gruñe—. Estoy demasiado ocupado como para ser padre, preocuparme por una mujer y demás. Será mejor que te vayas antes de que vuelva, porque si no, habrá problemas. Hale, hale.

Empieza a cerrar la puerta, pero Jack lo impide al poner el pie en medio.

—Por favor, papá, tengo hambre. ¿No puedes darme algo de comida? Lo justo para el camino.

—Yo no soy tu padre —repite el hombre, y esta vez Jack sabe que es cierto, porque su mirada es demasiado fría. Jack da un paso atrás y se retira de la puerta…

Entonces, algo en la cara del hombre cambia, como si no quisiera deshacerse de él todavía.

—Un chico como tú no debería ser un saco de huesos —gruñe—. Pasa antes de que vuelva mi mujer. Te daré algo de comer y te mandaré de vuelta por donde has venido. ¡Rápido, rápido! ¡Hale, hale!

Mantiene la puerta abierta y le hace señas al rufián para que pase, pero Jack no entra, sino que se va directamente hacia el hombre, que retrocede sorprendido, pero es demasiado tarde: el chico lo está abrazando, le está dando un abrazo grande y gigante. No es su padre, no es su casa, pero se parece mucho; tanto que, para un chico como Jack, ese parecido le basta.

Es un hogar extraño y desnudo, tiene más espacio que cosas, pero Jack no consigue ver mucho, solo vislumbra los techos altos, algunos pájaros anidados en el emparrado y lo que parece ser una cama mucho más grande que la suya antes de que el hombre lo guíe hacia la cocina y le señale toscamente la mesa y la silla.

Jack se sienta y observa cómo el hombre arrastra los pies de un lado a otro mientras saca los ingredientes de la abarrotada despensa y se queja entre dientes de que se pasa toda la vida en la cocina y de lo mucho que quiere dejarlo, pero que es lo que le ha tocado vivir y que las cosas no cambian.

No es mi padre, eso está claro, piensa Jack, ya que su padre no tenía ni idea de cocina y, además, su padre habría estado encantado de verlo, al igual que cada noche cuando regresaba a casa del bar apestando a cerveza y carne y lo abrazaba tan fuerte que pensaba que le iba a romper los huesos. Sin embargo, esta versión de su padre no le había devuelto el abrazo además de ser muy gruñón y sobrio, mientras que su padre era tierno y dulce, de manera que Jack se pregunta qué tipo de esposa permitiría que un hombre fuera así.

Caen unos platos. Mientras Jack estaba absorto en sus pensamientos, el hombre había preparado tortitas con sirope, un montón de beicon y tres huevos fritos a los lados. Era todo un festín, Jack no había visto uno así desde las pocas veces que su madre trató de recompensar de esta forma a su padre después de que consiguiera trabajo en el molino, dejara de beber y se comportara como una persona respetable. Lo que no duró mucho tiempo.

Jack come hasta hartarse, tiene la barriga que parece un cubo de azúcar y grasa y las ideas nubladas, entonces se da cuenta de que su anfitrión está sentado enfrente de él y que lo está mirando con los ojos entrecerrados.

—¿No vas a comer? —le pregunta Jack.

—A mi esposa no le gusta que coma sin ella —responde el hombre.

—Pero tu esposa no está aquí —señala Jack.

—¿Qué le pasó a tu padre? —se interesa el hombre.

—Desapareció —contesta Jack, que hace una pausa para pensar—. Bueno, más bien lo mataron. Tenía demasiadas deudas.

Su anfitrión frunce el ceño.

—No está bien que dejara atrás a un joven muchacho. Por lo menos tienes a tu madre, ¿no es cierto?

El muchacho suspira antes de responder:

—Nada de lo que hago parece ser suficiente como para cumplir con sus expectativas.

—Me recuerda a mi esposa —comenta el hombre.

Se escucha un estruendo que proviene del jardín…

Parecido a una pisada fuerte, como si un trueno hubiera golpeado el suelo y resonara por toda la casa. A Jack se le escurren los platos que sostenía y se rompen contra el suelo; gira para mirar a su anfitrión con miedo a recibir otra paliza, pero el hombre se levanta de la silla, alza a Jack por las axilas, lo mete en el horno y cierra la puerta. Jack mira por una rendija y ve al hombre correr como loco de un lado para otro, mientras limpia el estropicio de Jack.

Fee fi fo fum,
¡Huelo la sangre de un pequeño!

El rugido retumba en los oídos de Jack. Es una voz llena de rabia, como si fuera un alma vacía que cada vez está más cerca:

Esté vivo o esté muerto,
¡Usaré sus huesos para preparar el pan!

Las puertas de la casa se abren de golpe ante la negra planta de un pie descalzo, tan grande que aplastaría cualquier cosa que estuviera debajo. La esposa, de unos tres metros de alto, entra. Desprende un olor asfixiante, como a tierra fétida, tiene la piel de un color verde negruzco, el pelo negro enmarañado con hojas, ramitas y gusanos. Puede que una vez tuviera un semblante humano, este gigante venido a menos, pero ahora es una máscara furiosa, con ojos brutos e inyectados en sangre, dientes amarillos que rechinan y puños del tamaño de dos piedras. Jack solo ha visto monstruos en los cuentos de hadas, pero ahora está delante de uno en carne y hueso, y es tan real como la vida misma. Aun así, esa manera de presentarse en la casa, como un manto de destrucción, la miseria encarnada, le resulta extrañamente familiar, como si ya lo hubiera visto antes.

—¡Hay un chico en la casa! —exclama ella—. ¡Un chico huesudo e inútil al que nadie quiere! ¡Esposo, haz de él mi desayuno!

A Jack le da un vuelco el corazón. No sabía que se pudieran oler ese tipo de cosas.

—Qué dices, no es más que tu ropa interior. Tienes que lavarla —le contesta el marido—. ¿Qué has cazado?

La gigante saca un ternero blanco del cinturón, aún con vida y con las patas atadas, y lo pone encima de la mesa.

—Ásalo, ¡lo quiero blanco y lechoso! ¡Y limpia la casa, pedazo de zángano, que está tan sucia que huelo chicos donde no los hay!

—Sí, mi amor. Ahora siéntate y cuenta el oro mientras te preparo el desayuno —le responde el marido.

La ogresa obedece mientras Jack se preocupa dentro del armario por su olor a inútil, por el pobre ternero que

van a sacrificar y por estar atrapado en la casa de un gigante, pero entonces, mientras la ogresa cuenta las bolsas de oro, se queda dormida encima de la mesa y ronca tan fuerte que la casa vuelve a temblar. Rápidamente, el

marido abre el horno, deja salir a Jack y le da una patada en el trasero en dirección a la puerta, antes de
dirigirse a la alacena para buscar las especias con las
que cocinar el ternero de su mujer. Jack sabe que debería irse de inmediato y no llevarse nada de vuelta;
es lo correcto, lo que un chico útil haría... Sin embargo, a veces hay cosas más importantes en la vida que
hacer lo correcto. Carga al ternero debajo de un brazo
y una bolsa de oro debajo del otro y se va, pasa por el
lado de la gigante dormida, sale de la casa y se dirige
hacia el tallo de las habichuelas tan rápido como sus
piernas le permiten. Baja, baja y baja y, cuando llega
al suelo, con el sol en su punto más alto, se encuentra
con su madre y con sus vecinos, que están justo donde
los había dejado, anclados bajo la gigantesca sombra
del tallo, así que Jack aprieta el ternero contra su corazón, vacía la bolsa de oro en un destello cegador, se
alza en lo alto del montón de monedas como un dragón, mira a su madre con desprecio y le dice con voz
aguda:

—¿Qué tienes que decir ahora sobre *esto*?

Unos meses más tarde, su madre vuelve a la carga.

Durante un tiempo, pareció que había esperanza. Él
era famoso en el pueblo, las chicas guapas no perdían la

oportunidad de tener una cita con él para comer pechuga de pato y suflés de chocolate en Le Gavroche, mientras Jack, con la esperanza de ganarse un beso, les contaba todas las historias sobre cómo había escapado del gigante. No obstante, una bolsa de oro se esfuma fácilmente, sobre todo si hay que alimentar a un ternero, si su madre amplía la casa y se compra elegantes botas de cuero y pieles de zorro para cubrirse de la cabeza a los pies y si su lista de pretendientes, la de su madre, no hace más que aumentar.

Finalmente, se esfuma, todo, igual que sucedía cuando el padre de Jack estaba vivo. La fama es efímera. Las chicas se alejan. La gente empieza a mirar a Jack del mismo modo en que lo hacían antes. Su madre pasa todas las noches en casa, en lugar de en la ciudad, regañando a Jack por comerse su comida, usar su bañera, respirar demasiado alto, ocupar espacio; sus quejas y gritos son peores que nunca. Cuando Jack cierra los ojos por la noche, escucha la voz de su madre resonando en su cabeza, luego los rugidos de la ogresa, hasta que llega un punto en que ya no es capaz de diferenciar uno de otro.

Fuera, en el jardín, el ternero bala de hambre. Jack se echa a su lado, lo abraza y acaricia hasta que el pequeño se queda dormido. Es lo mismo que hacía con Milky White. Sin embargo, Jack no puede dormir, piensa en que este ternero crecerá en las mismas condiciones que Milky, condenado a ser vendido, dejándolo solo, y esto solo sirve para recordarle lo mucho que echa de menos a su padre. Por eso ha estado buscando una novia, para encontrar una sustituta a la que querer, para tener a alguien a quien le importe. Si Jack tuviera todas las riquezas del mundo, no compraría joyas ni ropa ni casas como su madre. Él compraría una nueva familia. ¿Cuánto cuesta comprar eso?

Acostado sobre la maleza muerta, mira hacia el tallo de habichuela, tan verde que resalta incluso de noche y empequeñece a las estrellas. No se atreve a volver a subir. Esa vil gigante lo golpearía hasta la muerte. Tampoco puede dejarse ver por ese hombre, que cuidó de él como un padre, antes de que Jack le robara como un vulgar ladrón, pero no tenía otra alternativa, porque el verdadero padre de Jack *no* cuidó de él. *Esa es la realidad*, piensa mientras las lágrimas le recorren las mejillas. Su padre no fue ningún héroe. Su padre se fue y lo dejó a su suerte. Le prometió castillos en el cielo y ni siquiera le ofreció algo parecido, pero Jack estuvo cerca de uno. Muy cerca. Por eso subió por el tallo de habichuela aquella vez, para encontrar una vida más grande que la que su madre preveía para él y, por un breve y fugaz momento, lo logró. Había sido Jack el Magnífico. Jack el que había limpiado su imagen y la de su padre. Si tan solo pudiera volver a subir e intentarlo de nuevo… robar otra bolsa de oro, o puede que dos… quizás podría lograr una nueva vida…

Sin embargo, el oro se esfuma, al igual que el anterior. Jack mira al suelo. No hay manera de escapar de su destino. Su padre aprendió esa lección. Jack debería cortar ese tallo y olvidarse de la existencia de las habichuelas mágicas que una vez estuvieron en su poder. De lo contrario, terminará en un hoyo como su padre, derrotado por sus sueños. Hay un hacha apoyada contra la valla del jardín. Unos buenos golpetazos y se desplomaría…

Mas pasan más días y el tallo de habichuela sigue en pie.

Una noche su madre se cuela en el jardín mientras él duerme e intenta sacar al ternero de debajo de él, pero el ternero chilla y despierta a Jack justo a tiempo. Su madre huye, sin ánimo de querer discutir, pero ahora Jack sabe cuál es su verdadera naturaleza al querer venderlo para conseguir carne de ternera a buen precio, a su preciado ternero por el que arriesgó su vida, antes incluso de que pudiera crecer. Una ogresa en el cielo, una ogresa en la tierra. Ya no está a salvo en ningún sitio.

Al amanecer, trepa por el tallo de habichuela.

Cuando alcanza la cima, el hombre está allí.

—Sabía que vendrías —le dice.

No menciona el oro ni el ternero, sino que lleva a Jack hasta la casa y le recuerda que su esposa está fuera cazando y que más les vale ser rápidos.

El desayuno es un banquete de tostadas francesas con mermelada de bayas silvestres, rollitos de canela y caramelo y manzanas caramelizadas.

—¿No había una bruja malvada que atraía a los niños a su casa con dulces para poder comérselos? —pregunta Jack con la boca llena.

—Cocinar niños es demasiado tedioso —responde el hombre con un suspiro.

—¿Lo has hecho antes? —inquiere Jack, que se atraganta.

—Cocino todo lo que me trae mi esposa y vienen muchos niños como tú en busca de una vida nueva.

—Entonces, ¿por qué me estás ayudando a mí? —cuestiona Jack.

El hombre parece estar triste.

—Sé lo que se siente. Sé lo que es querer una nueva vida. La diferencia es que tú estás dispuesto a intentarlo.

Se escucha un estruendo que proviene del jardín...

Jack se cae de la silla, los platos se rompen y unos rugidos que hacen temblar la casa se acercan.

Fee fi fo fum,
¡Huelo la sangre de un pequeño!

Jack vuelve al horno; el hombre recoge el estropicio…

La puerta se abre de golpe y ahí está ella.

La madre Terror con el pelo despeinado, los dientes amarillos y un pavo real muerto en cada puño.

—¿Dónde está? ¿Dónde está ese ladrón inútil? ¡Robó mi ternero! ¡Lo huelo en mi casa! ¡Alimaña sucia y carente de valor! ¡Tráelo aquí, esposo! ¡Trituraré sus huesos para hacerme el pan!

Su marido trata de quitarle importancia y hace un gesto con la mano al responderle:

—No seas tonta. Nadie robó nada. El ternero escapó y te equivocaste al contar el oro. Lo que hueles son tus pies, necesitas un buen fregado.

—¡Lo único que necesita un buen fregado es esta casa! —exclama su esposa—. Un perezoso saco de huesos, ¡eso es lo que eres! —Deja los pavos reales sobre la mesa y añade—: ¡Haz algo útil y cocínalos! ¡Y tráeme mi arpa dorada! ¡Prefiero escucharla antes que tu voz de cotorra!

Jack observa cómo el hombre saca una pequeña y brillante arpa, hecha de oro, que la ogresa sujeta con sus dedos rechonchos, y la hace sonar mientras las cuerdas desprenden copos de oro.

Al rato, la gigante se queda dormida.

—Hale, hale —dice el hombre al liberar a Jack y empujarlo de vuelta.

Sin embargo, cuando el hombre se gira, Jack no puede evitarlo, roba el arpa y huye por la puerta...

Mas el arpa es mágica.

Y no hay que subestimar a la magia.

—¡Ama! ¡Ama! —empieza a gritar el arpa.

La ogresa se despierta de golpe, con los ojos muy abiertos y las fosas nasales ensanchadas. Se lanza sobre Jack de un salto, con los puños preparados para aplastarlo.

Un caldero, lanzado desde abajo, le golpea en la cabeza. La giganta retrocede y mira a su marido, quien le lanza otro caldero, luego uno de los pavos reales muertos y después el otro. Para cuando su mujer recupera el sentido, el hombre carga a Jack y salen por la puerta, en dirección al tallo de habichuela, mientras la ogresa los persigue, al mismo tiempo que les lanza árboles y piedras a su paso, sus fuertes pisadas forman cráteres en el cielo.

El hombre aprieta a Jack contra el pecho.

—¿Estás haciendo esto por mí? —le pregunta Jack.

—No por ti —responde el hombre—, sino gracias a ti.

En ese momento Jack lo entiende todo.

Uno subió para que el otro pudiera bajar.

Ambos con el objetivo de encontrar una vida mejor.

Bajan juntos, la gigante salta por el tallo de habichuela mientras se mueve con pesadez tras ellos. Sin embargo, Jack es más ágil y guía al hombre hasta abajo. Cuando se divisa el suelo, antes de que Jack se suelte para saltar, llama al hombre para que lo siga, pero ve que está atrapado en las lianas, justo a la vista de la gigante. La madre de Jack sale corriendo de la casa y mira al gigante.

—¿Qué has hecho? —riñe a Jack—. ¡Estúpido! ¡Iluso!

Jack empuña el hacha.

Golpea el tallo de habichuela, *chas, chas, chas*, mientras su madre lo insulta a sus espaldas y la ogresa lo insulta por encima de su cabeza:

—¡Alimaña fea! ¡Niño estúpido! ¡Chico inútil! —El sonido de sus insultos hace que golpee cada vez más y más fuerte, hasta que el espacio entre el cielo y el suelo se reduce, la ogresa y su madre están a punto de chocar y el esposo de la gigante está entre medias.

—¡Salta! —grita Jack mientras le ofrece los brazos, igual que un padre hace con un hijo, y el hombre salta hacia Jack, que lo atrapa. Los monstruos no dejan de gritarles, cada vez están más cerca. Sin embargo, antes de que lleguen, el hombre y el chico agarran el hacha y la blanden juntos, una, dos, tres veces…

El tallo de habichuela cae y la gigante con ella, con el estallido de un trueno que abre un agujero en el suelo que se los traga a ambos. A eso le sigue una gran nube de polvo que mana hacia el cielo y centellea verde bajo la luz del sol, como pequeñas semillas.

Cuando se posa en el suelo, Jack busca a su madre, pero no la encuentra, como si también hubiera quedado sepultada bajo tierra.

La mañana despierta a Jack con un cálido beso.

Él se acurruca en un vientre peludo y se gira para abrazar al ternero, que ya es más grande que el día anterior.

Huele a tortitas y a azúcar, el hombre silba en el interior de la casa.

Pronto, desayunarán juntos y escucharán cómo el arpa toca alegres melodías, el arpa que el hombre escondió en su abrigo cuando huyeron, el arpa que hace mucho que designó al hombre como su amo. Verán cómo los copos de oro se desprenden de las finas cuerdas, un montón lo suficientemente grande como para comprar todo lo que deseen, pero los dejarán flotar y bailar en el aire como si fuera el espumillón de Navidad.

Luego Jack irá a la ciudad y trabajará duro en el molino, molerá grano para hacer harina y elaborar pan. Cuando llegue a casa, el hombre le dará un abrazo y un beso de buenas noches antes de que Jack salga para dormir con su ternero, mientras lo abraza y lo besa del mismo modo que el hombre lo besaba a él. Perdió una familia, pero ganó otra.

—No cambies nunca —le susurra a su bebé mientras lo abraza, tan limpio y puro que desearía que permaneciera así de joven para siempre.

Sin embargo, un día no muy lejano, le despertará un dulce olor a leche y se dará cuenta de que ha crecido, como él, contra todo pronóstico, igual que una habichuela que brota hacia el cielo, una habichuela que la gente dice que es mágica, a pesar de que la única magia que necesitaba era amor.

HANSEL

Y

GRETEL

NADIE QUIERE ESCUCHAR UNA HISTORIA
sobre advertencias.

Y aun así, a los niños se las cuentan todo el rato.

Historias sobre jóvenes que se desvían del buen camino y a los que se les castiga por hacerlo.

Sin embargo, a veces los niños deben descubrirlo por sí mismos.

Cuando la casa que era el paraíso de los dulces se convierte en la guarida de una fría bruja.

Cuando la bruja es Mamá o Papá.

Entonces, hasta las profundidades de los bosques prohibidos que van los niños.

En busca del amor que han perdido.

En busca de un nuevo lugar al que llamar hogar.

Como en el caso de Hansel y Gretel.

Lo último que escuchaste sobre ellos era que eran dos pequeños de pelo rubio que se salieron de la senda del bosque, se comieron parte de una casa hecha de dulces y que, por eso, casi hacen un pastel con ellos. No es sorprendente que hayas escuchado esa versión repleta de advertencias que los adultos gruñones aman. ¿Cómo si no podrían domesticar y controlar un espíritu como el tuyo?

Sin embargo, esa no es la verdadera historia de Hansel y Gretel.

¿Quieres escucharla?

Lo cierto es que también está llena de advertencias.

Pero no es apta para niños.

Bajo ningún concepto es apta para niños.

Había una vez, en un pueblo llamado Bagha Purana, dos niños que vivían en una casa que olía a dulces.

Todo el mundo conocía la casa, porque era la casa de Shakuntala, la mejor pastelera del pueblo, y sus hijos eran los más afortunados del mundo porque podían probar todas las nuevas delicias antes de que se vendieran en la tienda.

Se llamaban Rishi y Laxmi, un chico y una chica de mejillas marrones y rosadas y de carácter alegre. Laxmi era el planeador preciso y Rishi la mente atrevida y pensante, lo que significaba que juntos podían ayudar a Shakuntala a afinar sus recetas cuando a un *laddu* o a un *yalebi* le faltaba algo.

—Necesita un pelín más de sabor —diría Laxmi.

—¿Y si le añades un poco de agua de rosas? —propondría Rishi.

—¿O azafrán? —replicaría Laxmi.

—¡No lo sabremos hasta que lo intentemos! —chillaría Shakuntala, porque a diferencia de muchos padres del pueblo, confiaba en el instinto de sus hijos más que en el suyo.

Durante el día, Rishi y Laxmi iban al colegio, mientras que por la noche pasaban tiempo con su madre y como dos crías de monos se dedicaban a manosearle la negra melena de pelo y el abultado pecho, mientras ella preparaba *barfi*, *rasamalai*, *gulab yamun* y su famoso *balushahi* y cuidaba cada una de las elaboraciones hasta que su marido, Atur, llegaba a casa para probarlos y se acariciaba la barriga mientras gemía *Mmmm*, el reto era conseguir que gimiera más de una vez. Al día siguiente, los frutos del trabajo de

Shakuntala se venderían en la tienda de él, Los dulces de Atur, donde él se llevaría todo el crédito, ya que en esa época las mujeres no podían ser mejores que los hombres y Shakuntala era mejor pastelera que cualquier hombre, incluso que su marido.

Como es lógico, todo el mundo sabía que Shakuntala producía la mercancía de Atur, pero era lo que se esperaba, que las mujeres fueran esclavizadas en secreto por sus maridos mientras ellos se llevaban las ganancias y fingían ser el sostén económico de la casa. Sin embargo, los dulces de Shakuntala mejoraban año tras año y nadie en Bagha Purana quería otra cosa, sobre todo los niños, que hacían cola fuera de la tienda a la espera de los *laddu* de agua de rosas que se agotarían a mediodía. Al poco tiempo, los niños dejaron de comprar en otras pastelerías de la ciudad y, una a una, empezaron a cerrar. Los hombres trataban de hacer la competencia, por supuesto, ofrecían descuentos, muestras gratuitas y exploraban otras ciudades en busca de nuevas recetas que robar, pero nadie podía igualar a Shakuntala, ya que tenía los ingredientes secretos del amor, la humildad y la bondad. Su pastelería no era más que una forma de mantenerse unida a Rishi y a Laxmi y ¿quién podría competir con eso? Por tanto, los hombres de Bagha Purana hicieron lo que hacen los hombres cuando sienten que una mujer les va ganando y no pueden encontrar un modo de enfrentarse a ella. La señalaron con el dedo y gritaron *¡Bruja!*

Organizaron un juicio en su contra.

—¿De qué se me acusa? —pregunta Shakuntala.

—De tentar a los niños con dulces mágicos —le responden.

Llaman a los testigos.

Rishi y Laxmi defienden a su madre y, por un momento, se siembra la duda. Quizás si su padre también hubiera salido en defensa de su esposa, podría haber escapado indemne, pero le avergüenza que la gente esté diciendo en voz alta que los dulces que vende en su tienda no los hace él, aunque sea cierto. Se pregunta si él sería capaz de cocinar dulces mejores que los de su esposa si ella no estuviera. Así que permanece callado, lo que sentencia el destino de Shakuntala.

La que una vez fue esposa y madre ahora es una bruja.

Los hombres le sacan los ojos y la abandonan en las profundidades del bosque para que nunca sea capaz de encontrar el camino de vuelta.

Rishi y Laxmi salen en su búsqueda noche tras noche, año tras año, pero es inútil.

Ha desaparecido.

Con el tiempo, su padre vuelve a casarse.

Su nueva esposa se llama Divya Simla. Es mucho más joven que Atur y viste con vestidos cortos que dejan ver sus piernas huesudas y parece que no se ha comido un dulce en toda su vida, pero fingió ser una buena pastelera y querer a los hijos de Atur el tiempo necesario para convertirse en su esposa y, una vez lo logró, dejó de fingir por completo. Rishi y Laxmi no tardaron mucho en darse cuenta de que su padre se había casado con una bruja, con una bruja *de verdad*, que odiaba a los niños y que solo se preocupaba de sí misma.

No hay nada que asuste más a un niño que una madre que odia serlo.

La mala suerte azota a la casa. La pastelería quiebra, los chicos se resfrían y los retretes se atascan. En casa siempre hace frío, incluso en los días calurosos, y huele rancio y amargo, nada que ver a como olía antes. Todo el dinero que Atur había ahorrado se destina a médicos para Richi y Laxmi y a alimentarlos. Durante todo este tiempo, Divya Simla se muestra molesta y fulmina a los chicos con la mirada, como si no fueran más que dos estorbos.

Una noche, pasada su hora de acostarse, Rishi y Laxmi escuchan a Divya Simla susurrarle a su padre.

—¿Acaso no te das cuenta? ¡Ellos son la causa de todos nuestros problemas! Nos han arruinado la vida al acaparar todo nuestro dinero y la comida. ¿Y para qué? ¿Qué nos dan a cambio más que miradas de resentimiento al ver que no soy su madre? ¡Tenemos que deshacernos de ellos!

—¿Deshacerme de mis hijos? —protesta Atur.

—Si no lo hacemos, moriremos todos —sentencia Divya Simla—. La mala suerte solo empeora.

Al día siguiente, un rayo alcanza la casa y quema la mitad.

Esa misma noche, Rishi y Laxmi oyen a Divya Simla y a su padre.

—No aguanto más mala suerte —se lamenta Atur.

—Pues ya sabes lo que tenemos que hacer —insiste Divya Simla.

—Pero… pero… —dice Atur con desesperación.

—Me los llevaré al bosque y los abandonaré allí —resuelve Divya Simla—. Son niños. Estarán bien. Algún día crecerán y nos agradecerán que les hayamos enseñado a valerse por sí mismos.

Atur no dice nada.

Rishi y Laxmi saben lo que significa que su padre no diga nada. Igual que no dijo nada cuando tenía que haber protegido a su madre.

—¿Qué vamos a hacer, Laxmi? —pregunta Rishi con preocupación.

—Yo me encargo —responde su hermana.

A la mañana siguiente, Divya Simla les da una patada con su huesudo pie.

—¡Levantad! ¡Levantad! ¡Es hora de irse!

—¿A dónde? —pregunta Laxmi.

—A cortar algo de madera para arreglar la casa
—responde Divya Simla.

Sin embargo, Rishi y Laxmi se dan cuenta de que
su madrastra no lleva hacha.

De todas formas, Laxmi está preparada. Mete cenizas de las partes quemadas de la casa en sus bolsillos y
mientras su madrastra los lleva a ella y a su hermano a
las profundidades del bosque, Laxmi permanece detrás y va esparciendo la ceniza en el suelo para marcar
su camino.

—Bien pensado, hermana —susurra Rishi.

—¿Qué estáis tramando? —grita Divya Simla, que
los mira de forma sospechosa.

—Rishi tenía que hacer pis —contesta Laxmi.

—¡Dejad de entreteneros! —brama Divya Simla.

Aun así, los hermanos se toman su tiempo y se ase-
guran de que ella no pueda verlos mientras Laxmi va
echando las cenizas.

—¿Ahora qué pasa? —gruñe Divya Simla.

—Laxmi tenía que hacer pis —informa Rishi.

Pero hay un límite de veces para hacer pis y de repente están tan dentro del bosque que ya no se ve la luz
del sol y los árboles son oscuros y retorcidos.

—Quedaos aquí. Ahora vuelvo a por vosotros —dice Divya Simla mientras huye.

Las horas pasan. Laxmi y Rishi juegan a buscar ramas y bailan al son de canciones inventadas: *¿Qué es peor que un día de lluvia? ¿Qué es peor que un perro que no juega? Divya Simla, ¡Divya Simla!* Una vez terminan de divertirse, siguen el rastro de cenizas de vuelta a casa.

Cuando llaman a la puerta, les abre su padre, que cae de rodillas de la felicidad que siente.

Tras él, la cara de Divya Simla se endurece como un trozo de carbón.

—¡Aquí estáis! ¿Por qué habéis tardado tanto? —reacciona.

Divya Simla no es de fiar, pero demostró tener razón en algo.

La mala suerte no hace más que empeorar.

Unas semanas más tarde, una sequía asola el pueblo, mata todas las cosechas y deja hambrientos a los animales. Nadie tiene nada para comer. El poco pan que Atur consigue reunir de sus amigos y vecinos no es suficiente para alimentarlo a él, a su esposa y a sus hijos.

Por la noche, vuelven los susurros.

—Tienes que elegir entre ellos y yo —le dice Divya
Simla a Atur—. No tenemos suficiente para todos.

—Dios los mandó de vuelta —se queja Atur—.
Son sangre de mi sangre.

—¿Y yo qué soy? Me casé contigo cuando nadie
más quería y ¿ahora vas a dejar que me muera? —continúa Divya Simla—. Ya son lo suficientemente mayores como para cuidar de sí mismos. No son nuestra
responsabilidad y, además, la mala suerte solo empeora.

—¿Cómo puede empeorar nuestra suerte? —le pregunta Atur.

—Mantenlos aquí y lo descubrirás —le advierte Divya Simla.

Atur no dice nada.

En su cama, Laxmi abraza fuerte a Rishi.

—¿Qué vamos a hacer, hermano? —le pregunta ella.

—Yo me encargo —responde Rishi.

Al día siguiente Divya Simla lleva a sus hijastros al bosque, esta vez para recolectar bayas silvestres, aunque no lleva ni cesta ni quedan bayas que no se hayan secado con la sequía. Su padre ni siquiera es capaz de mirarlos cuando se van.

Sin embargo, Rishi tiene un plan. Durante el desayuno, fingió que se comía su porción seca y dura de *chapati*, pero en lugar de hacerlo, la escondió en su bolsillo. Ahora, mientras se adentran en el bosque, va soltando migajas a su paso.

—Bien pensado —susurra Laxmi.

—¿Qué estáis tramando? —resopla Divya Simla.

—¡Estamos buscando flores para ti! —chilla Rishi con voz aguda.

—¡No me gustan las flores! ¡Dejad de perder el tiempo! —replica Divya Simla con el ceño fruncido.

—Sí, Madrastra —obedece Laxmi.

Durante todo el trayecto, Rishi va esparciendo las migas de pan.

Divya Simla los adentra tanto en el bosque que Rishi y Laxmi ni siquiera son capaces de ver su propia sombra. Los cuervos graznan a modo de advertencia: este no es un lugar para niños.

—Quedaos aquí. Ahora vuelvo a por vosotros —dice Divya Simla mientras se escabulle.

Esta vez, Rishi y Laxmi está demasiado asustados como para jugar o cantar canciones. Hay ojos entrecerrados entre los árboles que parpadean en su dirección. Resuenan crujidos en la maleza y sienten cómo cosas frías y escurridizas les rozan los tobillos y el cuello. Se abrazan y cuentan hasta cien, luego siguen el rastro de migas de pan para volver…

Solo que no están.

Los cuervos que se las han comido ahora se mofan de ellos mientras graznan como si animaran: *¡Divya Simla, Divya Simla, Divya Simla!*

No hay camino de vuelta a casa.

—Es por aquí —indica Laxmi apuntando al este.

—No, es por aquí —contesta Rishi señalando el oeste.

Laxmi es más cabezota, así que se dirigen hacia el este. Caminan durante toda la noche y todo el día siguiente, desde la mañana hasta por la noche, pero está claro que no están cerca de Bagha Purana y mucho menos de la casa de su padre. Sienten un hambre voraz, más de lo que cualquier niño puede soportar, y les pesan demasiado las piernas como para seguir andando. De la mano, caen rendidos debajo de un arbusto y se quedan dormidos. Ni siquiera es seguro que vayan a despertar, pero, de algún modo, lo hacen, uno después del otro, con las fuerzas justas para abrir los ojos.

Dos cuervos les devuelven la mirada.

El primero deja caer algo delante de Rishi.

Un dulce rosa glaseado.

Rishi se lo traga.

—*Mmm*, agua de rosas —dice—. ¡Mi preferido!

El segundo cuervo deja caer un dulce amarillo delante de Laxmi, que se lo mete en la boca.

—Azafrán —dice—. ¡Mi preferido!

Los cuervos aletean delante de ellos señalando el camino, y el hermano y la hermana los siguen, aún disfrutando del sabor de los dulces en la boca.

Al poco tiempo, llegan a una casita. Los cuervos se posan en la entrada y, cuando los chicos se acercan, ven que las paredes de la casa están hechas de pan de pistacho y cardamomo, el techo de bolas de dulce de leche y las ventanas glaseadas con una miel clara y pegajosa.

Los hermanos se miran como si fueran dos vagabundos perdidos en el desierto delante de un espejismo.

—¿Es de verdad? —pregunta Laxmi.

Rishi echa un vistazo por la ventana de miel y olisquea su crujiente y fresco aroma. Parte un trozo pequeño y se lo come.

—¡No podemos comernos la casa de un desconocido! —le riñe Laxmi—. ¿Qué diría mamá?

—Diría que fuéramos inteligentes y siguiéramos con vida —contesta Rishi—. No veo a nadie a través de la ventana. Venga, rápido, ¡antes de que vuelvan!

Él ya está escalando hacia el techo cremoso mientras Laxmi ataca a las pastosas paredes, ambos se llenan la boca de dulces verdes y blancos, y tienen las tripas llenas y las mentes cegadas por el azúcar cuando escuchan una voz que proviene del interior:

Roe, roe, criaturita,
¿Quién se come mi casita?

La puerta se abre y salen cuervos volando como los murciélagos de una cueva y, con ellos, una mujer a la que parece que hayan parido ellos. Tiene el cuerpo rollizo envuelto en telas negras y onduladas, un sombrero negro alto en la cabeza, un velo negro sobre la cara y un bastón lleno de nudos en el puño.

—Qué cosa tan osada esa de comerse la casa de una bruja —se mofa, mientras da tumbos en la dirección de los chicos—. Me pregunto qué clase de madre os crio a *vosotros...*

Richi y Laxmi empiezan a huir, pero los cuervos los rodean, les sujetan con las garras por los hombros y los llevan volando hacia la casa, hacia la bruja. Ella los agarra con sus manos grandes y carnosas mientras les huele la piel como si fuera a cocinarlos. Los hermanos empiezan a gritar al mismo tiempo de forma desesperada cuando…

—¿Rishi? ¿Laxmi?

La voz de la bruja es un suave susurro.

—¿Mamá? —dicen los niños sorprendidos cuando se quita el velo negro de la cara.

Shakuntala los abraza contra el pecho y no deja que se separen.

—No puedo veros, pero sé que sois vosotros, mis pequeños, mis hermosos y perfectos pequeños.

Los niños huelen su aroma dulce y especiado y empiezan a llorar.

—Todos estos años he esperado, los cuervos buscaban a cualquier niño que anduviera por el bosque —les explica—. Esos locos de Bagha Purana me acusaron de atraer a los niños con dulces y, bueno, es lo que he hecho y os he encontrado, ¿no es así? —dice mientras palpa las huesudas extremidades y cintura de sus hijos—. ¿Por qué estáis tan delgados? ¿Qué ha pasado? ¿Dónde está vuestro padre?

—En Bagha Purana —contesta Laxmi.

—Con Divya Simla —añade Rishi.

—Entrad y contadle todo a mamá —dice Shakuntala con el ceño fruncido.

Cuando terminan de narrarle su triste historia, hasta los cuervos sienten pena por ellos.

Shakuntala golpea la mesa con los dedos, tiene los ojos ciegos fijos en los chicos, como si los estuviera mirando.

Rishi y Laxmi observan la casa, llena de dulces de todos los colores apilados en torres que van desde el suelo hasta el techo, desde los tradicionales *gulab yamun* y *laddus* hasta nuevas creaciones como *rasgullas*, *qalaqand* y *nankhatais*, que desprenden un brillante polvo azucarado por todas partes, como si estuvieran en la cueva de un hada. El horno que cuece pasteles de pan de oro escupe ascuas de fuego y bocanadas doradas. Mientras tanto, los cuervos negros miran desde todos los rincones como centinelas.

Shakuntala empieza a hablar.

—Cuando estaba sola en el bosque, estos pájaros me salvaron, me traían pedazos de bayas y comida. Supongo que se sintieron identificados. Los cuervos están desterrados en el bosque, igual que yo. A cambio, los alimento y los protejo de los halcones y los zorros como si fueran mis hijos. Les hablé de mi Rishi y de mi Laxmi, de la forma de sus caras y del sonido de sus voces y de cómo debían estar ahí fuera buscándome en el bosque...

—Te buscamos, Mamá —le dice Rishi.

—Sé que lo hicisteis —responde Shakuntala—. Sin embargo, los finales felices no se consiguen fácilmente.

La justicia llega con el tiempo y parece que todavía falta algo de justicia por llegar.

Golpea la mesa con los dedos al mismo ritmo con el que los cuervos graznaron en el bosque, como si estuviera pensando: *Divya Simla, Divya Simla, Divya Simla*. A su alrededor, los pájaros parecen sonreír, como si supieran que se venía alguna fechoría.

—Decidme, ¿cómo de lejos está Bagha Purana de aquí? —pregunta Shakuntala.

—¡No lo sabemos! ¡Los cuervos se comieron las migajas! —contesta Rishi.

—¡Borraron el camino que trazamos! —exclama Laxmi. Shakuntala se inclina hacia ellos.

—Conque eso hicieron. Qué traviesos. Estoy segura de que así es como os encontraron. Picoteando detrás de vosotros, miga a miga desde dondequiera que vinieseis —dice Shakuntala y levanta la cabeza, del mismo color que las plumas, en dirección a los cuervos—. Lo que significa que también conocen el camino *de vuelta*.

En Bagha Purana, la gente reza a la diosa Durga.

No ha llovido en doscientos veinte días y la plaga no cesa.

En la casa de Atur, el ambiente es sombrío. El marido ha perdido a sus hijos y se ha quedado con una esposa cuyas ideas descabelladas para ganar dinero son tan despreciables como inútiles.

—¿Y si pagamos a un *experto* para que le diga a la gente que eres el hijo predilecto de Durga y que todos deben darnos su dinero para contentar a los dioses? —propone Divya Simla con emoción—. O ¿y si ponemos tierra en tazas pequeñas y las vendemos en el pueblo por cinco rupias y decimos que si plantan sus cosechas con ella, estas germinarán sin necesidad de agua?

—¿Y qué pasará cuando no germinen? —cuestiona Atur.

—Les diremos que es culpa suya por no bendecirlas en condiciones —refunfuña Divya Simla.

Atur no dice nada.

Un día escucha el sonido de unos cuervos al otro lado de su puerta, tan molesto e incesante como una alarma. Abre la puerta y ve que hay una caja en el suelo. Al levantar la tapa, ve que hay doce hermosos *mithai* de colores pastel, ricos en leche, miel y fruta, alimentos que ya no se producen en Bagha Purana.

Atur prueba uno y le da un vuelco el corazón, un derroche de azúcar, amor y magia le invade la lengua, lo que le recuerda a cómo la pastelería de su esposa le hacía sentir. Mas Shakuntala hace mucho que murió, o al menos así es como él la tiene en el corazón. Por lo tanto, unos dulces como esos solo puede haberlos mandado Dios, un regalo para sacar a Atur del apuro hasta que su suerte mejore.

La voz de su mujer resuena como un látigo a sus espaldas.

—¿Qué es eso? ¿De dónde han salido?

Prueba uno y abre los ojos de par en par.

—Podemos venderlos en el pueblo —propone Atur—. Un par de rupias cada uno. Conseguiremos dinero suficiente para sobrevivir a la sequía.

Sin embargo, Divya Simla no le está mirando. Está observando a través de la puerta que el suelo está sembrado de migajas de color pastel dispuestas en un pequeño y ordenado rastro que se dirige hacia el bosque.

—Tiene que haber más en el sitio del que provienen —afirma Divya Simla con una sonrisa con la que muestra todos los dientes—. Quédate aquí. Cuando vuelva, tendremos dulces suficientes para abrir una nueva pastelería. ¡Diez rupias por un bocado!

Atur alega que no deben tentar al destino ahora que finalmente ha sido bueno con ellos, pero su esposa se adentra en el bosque y, mientras desaparece entre los árboles, Atur siente que en el cielo se nubla ligeramente, como si las nubes estuvieran recordando cómo llover.

Divya Simla llega a la casa hecha de pan y dulces justo a tiempo. Choca los talones de sus tacones en el aire y hace una pirueta, está convencida de que su suerte ha cambiado ahora que se ha deshecho de esos niños horribles. Agujerea las paredes de pan de pistacho y cardamomo con ambas manos y se llena los bolsillos con todo lo que puede llevar, después sube al techo y mete a la fuerza bolas de dulce de leche en la parte trasera de su vestido y rellena así su trasero huesudo.

¡Esto daría para llenar diez pastelerías!, piensa, *será mejor que vuelva a casa a por algunas cestas.*

Se gira y vuelve hacia el bosque… Una voz canta en el viento.

Roe, roe, criaturita,
¿Quién se come mi casita?

La puerta de la casa se abre, y Divya Simla se queda de piedra, con los brazos llenos de pan.

—¡Una *bruja*! —exclama sorprendida.

La mujer vestida de negro la mira con los ojos cicatrizados, tiene cuervos apoyados en los hombros.

—Y aun así *tú eres* la que se está comiendo *mi* casa —comenta la bruja.

—¡Hay una plaga en mi pueblo! —se excusa Divya Simla—. ¡Solo he arrancado lo suficiente para poder venderlo y que tanto mis pobres hijos como yo podamos sobrevivir!

—Oh, tus hijos... —dice la bruja—. ¿Cuántos tienes?

—¡Dos! —responde Divya Simla con voz chillona.

—¿Cómo se llaman?

—¡Rishi y Laxmi! Por favor —ruega Divya Simla—. Por favor, deja que vuelva con ellos.

La bruja aprieta los labios. Los cuervos que tiene apoyados en los hombros se miran.

—Nunca separaría a una madre de sus hijos, ni a unos hijos de una madre. Es un crimen imperdonable —afirma la bruja—. Si dices la verdad, entonces debes volver rápido.

—Gracias —contesta Divya Simla, que respira con alivio mientras se escabulle...

—Pero ¿qué pasará cuando se te acabe lo que te estás llevando? —pregunta la bruja—. Yo siempre podré hornear más dulces, pero tú casi no tienes para vender.

Los cuervos bajan en picado, toman algo de pan de las manos de Divya Simla y se lo comen.

—Ahora te queda incluso menos —suspira la bruja—. Qué traviesos. Entra, querida. Te daré mis recetas y algunos ingredientes para que te los lleves y tanto tú como tus hijos prosperéis.

—¿Tus recetas? —repite Divya Simla a la que le brillaban los ojos antes de mostrarse recelosa—. ¿A cambio de qué?

—A cambio, le harás compañía a una anciana y me contarás todo acerca de tu Rishi y tu Laxmi —responde la bruja—. Es un trato justo, ¿no crees?

Divya Simla sonríe.

Por fin esos niños le serían de utilidad.

—Es un trato más que justo, sí.

Dentro de la casa, Divya Simla no contempla la maravilla de los coloridos dulces recién horneados ni el brillo del polvo de azúcar en el aire ni el vaporoso aroma de la leche de miel.

Lo único que ve es dinero. Un tesoro escondido en exclusiva para ella. La gente hambrienta de Bagha Purana pagará lo que sea por esos dulces, y ella no está dispuesta a ofrecer ni un solo descuento.

—¿Cuánto puedo llevarme? —le pregunta Divya Simla a la bruja con los ojos fijos en los estantes de harina, huevos y tarros de nata para montar, situados junto a unas hojas de papel sueltas, que tienen garabateadas las anotaciones de un pastelero—. ¿Y qué recetas vas a darme? —insiste Divya Simla—. Necesito las mejores si quieres que mis hijos sobrevivan.

—Elige todas las que quieras —le ofrece la bruja sin dudar—. Lo único que no puedo darte es mi receta del *shakuntala*, por supuesto. Esa es demasiado valiosa.

Los ojos de Divya Simla se iluminan.

—Es un dulce que se prepara con tanto amor que es demasiado valioso como para venderse —le explica la bruja—. Un solo bocado de ese postre haría que una persona nunca tuviera suficiente. Darían lo que fuera para conseguir más: su caballo, sus joyas, su casa… lo que sea que pidieras.

Saca de un tiffin de plata un dulce con forma de corazón, del mismo color que la sangre, espolvoreado con cristales dorados de azúcar.

—Nadie, excepto las personas más valientes, se atrevería a probarlo —dice la bruja con un guiño.

Divya Simla está tan fascinada que solo puede dar un pequeño chillido.

La bruja lo levanta y Divya Simla se lo lleva a la boca. El coco, el chocolate y la rosa mantecosa le embriagan la lengua, se deslizan por la garganta y hacen que sienta un cosquilleo por todo el cuerpo. Los dulces de Atur eran sosos y estaban faltos de sabor, pero esto… esto es alquimia, igual que el néctar de la mismísima Durga. Divya Simla vendería su alma por otro bocado, tal y como la bruja le advirtió, y si ella está dispuesta a vender algo así para conseguirlo, ¡imagina lo que otros sacrificarían!

—Debes darme la receta —le ordena Divya Simla—. No puedo irme sin los secretos del *shakuntala*.

Alrededor, los cuervos chillan y se ríen. La bruja parece que reprime una sonrisa.

—Me temo que eso es imposible.

El gesto de Divya Simla se tuerce.

—¿Privarías a una madre de poder salvar a sus hijos?

Por primera vez, la bruja pierde el aplomo. La mandíbula se le tensa y un fuego le calienta la piel, pero desaparece tan rápido como surgió.

—Perdóname, estoy siendo demasiado cabezota —responde—. Yo también fui madre. Sé lo que es el amor verdadero y lo lejos que iría una madre para salvar a sus pequeños, pero la receta no se puede poner por escrito. Debe hacerse, con todos sus secretos. ¿Preparamos algunos?

—¡Sí! ¡Sí! —exclama Divya Simla—. ¡Los suficientes para alimentar a todo Bagha Purana!

La bruja la empuja hacia los estantes mientras va nombrando los ingredientes:

—¡Cacao! ¡Agua de rosas! ¡Crema de mantequilla! ¡Huevos! ¡Cardamomo! ¡Canela! —Los cuervos dejan caer los ingredientes en los brazos de Divya Simla, que los lleva hasta el recipiente y los vierte, mientras la bruja mueve el brazo como si fuera una varita y canta las instrucciones—: Bate los huevos, luego vierte la nata, luego el cacao, luego el agua de rosas, luego una pizca del resto, antes de lanzar besos sobre la masa, pensando en tus seres queridos…

Divya Simla lanza besos mientras piensa únicamente en sí misma.

La bruja también lanza besos antes de levantar el recipiente.

—Y ahora que está lista, la llevamos al horno y la cocinamos con el ingrediente secreto que es el que marca la diferencia…

—¿Cuál es el ingrediente secreto? Dímelo, dímelo —pregunta con insistencia Divya Simla mientras la persigue.

—Abre el horno para descubrirlo por ti misma —la anima la bruja.

Divya Simla tira de la puerta del horno y grita.

Hay dos niños en el interior, un chico y una chica, atados y amordazados como si fueran cerdos a punto de ser asados.

Los niños la miran con las caras manchadas de hollín y ojos asustados, como si ella fuera la salvadora que ha venido a rescatarlos.

Divya Simla palidece y su voz suena como el croar de un sapo cuando dice:

—¿Rishi? ¿Laxmi?

La bruja se carcajea detrás de ella y dice:

—¿Esos dos? ¿Son tu Rishi y tu Laxmi? ¡No seas ridícula! Los encontré en el bosque, hambrientos y abandonados, y tú acabas de decir que tus hijos están en *casa*.

—S-s-sí —tartamudea Divya Simla—. Así es.

—Bien —contesta la bruja—, porque a estos dos los engordé a conciencia, ya que no se puede preparar *shakuntala* sin el ingrediente secreto, y ahora sabes cuál es: *niños a los que nadie quiere*. Lo único que tienes que hacer es meter el recipiente con ellos y su sabor se cocinará en cuestión de segundos. ¡Así tendrás suficiente *shakuntala* para mil días! Ahora venga, ¡continúa!

Divya Simla se aclara la garganta antes de contestar.

—¿Cocinar niños…? Pero… pero…

—Ah, ya veo —la interrumpe la bruja—, te echa para atrás. Escoge otros dulces, pues.

La bruja cierra la puerta del horno.

—¡Espera! —exclama Divya Simla, a quien le va a explotar la cabeza. No puede irse sin su tesoro. ¡No puede sacrificar su *shakuntala*! ¿Y por qué debería hacerlo? ¿Por qué debería importarle que cocinen a esos dos mocosos? Al fin y al cabo, no son sus hijos y fueron ellos los que maldijeron su casa y Bagha Purana y metieron a ella y a Atur en este embrollo. Deshacerse de ellos no sería algo cruel, sino un acto de amor hacia los otros aldeanos, ¡el triunfo del Bien sobre el Mal! Y no le cabe la menor duda de que esos niños son el Mal, solo por el mero hecho de existir. No le extraña que acabaran en el horno de una bruja, ¡la mala suerte los persigue a todas partes! Así que ahora es el momento de quemar ese Mal de una vez por todas.

Divya Simla abre la puerta del horno, mira de nuevo a los chicos y ordena:

—Mete la masa.

La bruja no parece sorprenderse.

—Todavía no —replica—. Primero tienes que preparar el horno y asegurarte de que está caliente.

—¿Cómo lo hago? —duda Divya Simla.

—Metiéndote dentro, evidentemente —responde la bruja—. ¿Acaso nunca has cocinado?

—Ah, vale —resopla Divya Simla.

Introduce las piernas huesudas y se agacha al lado de los hermanos como una bolita, y la bruja cierra la puerta.

El horno está frío como el hielo.

Los hermanos la miran en silencio.

Divya Simla evita mirarlos.

—¿Está lo suficientemente caliente? —pregunta la bruja desde fuera.

—¡No! ¡Está helado! —contesta Divya Simla con impaciencia.

—Ay, querida, tendría que haberlo preparado antes de meter a los niños —se lamenta la bruja. Abre la puerta y saca a los hermanos maniatados, luego vuelve a cerrarla con Divya Simla dentro—. Deja que lo intente de nuevo.

Durante un minuto Divya Simla se siente aliviada por haberse deshecho de los niños y de sus horribles miradas.

Luego, siente el calor.

—¿Está ya lo suficientemente caliente? —pregunta la bruja.

—¡Sí! ¡Sí! —grita Divya Simla, que nota cómo los dulces que tiene guardados en los bolsillos empiezan a derretirse. Le da una patada a la puerta del horno, pero permanece cerrada.

La empuja con el cuerpo.

Sigue cerrada.

El fuego ruge por abajo.

—¿Qué está pasando? —grita Divya Simla—. ¿Qué estáis haciendo?

Dos voces jóvenes le responden desde el exterior.

—Quédate ahí —dice un chico.

—Volveremos a por ti —dice la chica y todos los cuervos se ríen.

Rishi y Laxmi sacan un negro y pegajoso postre del horno y lo prueban con los dedos. En la actualidad, tienen las barrigas redondas, las mejillas coloradas y viven abrazados a su madre. La lluvia azota el tejado, el viento aúlla entre los árboles y una mangosta observa con ojos brillantes a través de la ventana, pero dentro hay calor, risas y especias, todos los ingredientes necesarios para crear un hogar. Dentro de poco, nadie recordará un hogar anterior a este, como si el amor borrara los malos recuerdos, igual que los pájaros un rastro de migajas en el bosque. Los hermanos dan otro bocado y se miran.

—Le falta canela —comenta Rishi.

—Solo un poco —añade Laxmi.

—¡No lo sabremos hasta que lo probemos! —chilla Shakuntala mientras se dirige al estante.

Laxmi observa la tranquila casa, sin un solo revuelo en las esquinas.

—Mamá, ¿a dónde van los cuervos por la noche?

—¿Por qué salen y no vuelven hasta el amanecer? —insiste Rashi.

Shakuntala sonríe antes de responder:

—Supongo que solo ellos lo saben.

Sin embargo, ella también lo sabe.

Sabe que cada noche después de terminar de cocinar y de que los niños se acuesten, los cuervos van a Bagha Purana y dejan tres dulces en la puerta de su marido, el mejor hombre de todos. Él los encontrará allí por la mañana y probará el amor que una vez formó parte de su casa, gemirá *Mmmm* una, dos, tres veces, antes de que el silencio llegue al igual que el brillante y libre sol y él recuerde todo lo que ha perdido.

LA BELLA
Y LA
BESTIA

IMAGINA UN CHICO TAN GUAPO QUE LE hace sombra a todo lo que le rodea.

Es incandescente, tiene la piel de un tono marrón suave que se sonroja como una rosa, el pelo negro y rizado, la mandíbula fuerte y con hoyuelos y la boca grande y seductora. Luce como cupido, solo que en la tierra en lugar de en el cielo, un alma aniñada dentro de un cuerpo poderoso y musculado. Conquista a todas las chicas que lo conocen, a la mayoría de los chicos también, y nadie que ha estado en su presencia deja de pensar en él, como si los hubiera embrujado y hubiera convertido sus corazones en piedras que solo reaccionan ante él.

También es el príncipe más joven de un afamado reino, tiene tres hermanos mayores, que siguen solteros porque todas las chicas que son adecuadas para ellos quieren casarse con el más joven, aunque tengan que esperar, aunque eso suponga perder la corona.

El rey y la reina se alarman. La belleza es un don, a menos que signifique tener que sacrificar a tres buenos hijos que debían engendrar herederos.

Así que deciden desterrar a su hijo más bello, porque, de ese modo, todos en el palacio brillarían un poco más en su ausencia. O eso creían. Si te acostumbras a los atardeceres es fácil culpar al sol de robar el esplendor de las nubes, pero si ocultas el sol, no habrá nada que ver.

Demasiado tarde, ya se ha ido, desterrado al bosque, donde la primera criatura que se encuentra es a una jorobada y vieja hada que lo lleva consigo al país de las hadas en la parte de arriba de los árboles y lo cuida como una madre. Por fin alguien que se preocupa por quien es él en su interior, que hace que se sienta a salvo, a la que puede preguntarle por el amor y cómo encontrarlo de forma que él pueda llegar a amar a alguien de la misma manera en la que todo el mundo cree quererlo a él. La vieja hada se limita a sonreír. Cada noche, se encuentra una cama recién hecha en la colorida casa del árbol y un banquete de pétalos de girasol, pastel de tubérculos y tarta de crema de mantequilla. El resto de las hadas del reino observan al príncipe y quieren casarse con él, lo que significa que el príncipe no tiene un solo momento de paz, pero la vieja hada baja en picado y las espanta. El príncipe agradece su protección hasta que un día, la vieja hada lo arrincona en un árbol y le declara su amor, el amor que lleva escondiendo todo ese tiempo, luego le pide al príncipe que la bese y que la convierta en su esposa. Cuando el príncipe se niega a hacerlo, el hada se enfurece y le dice que desde ese momento se convertirá en una bestia, de manera que nadie pueda ver su belleza de nuevo, no hasta que le den un beso de amor verdadero, el beso que él debería haberle dado a ella. Lanza un embrujo negro y humeante y lo empuja desde lo alto de los árboles al frío lago que hay debajo.

Lo cierto es que el príncipe siente alivio.

Ahora es alguien normal. Quizás ahora pueda encontrar el amor verdadero.

Sin embargo, se ve en el reflejo del lago y se da cuenta de que, igual que existe la belleza,

también existe la fealdad, el tipo de fealdad que aleja a la gente del mismo modo que la belleza solía atraerla hacia él. Ambos casos nublan la esperanza de encontrar el amor.

Muy lejos de allí, en una ciudad llamada Mont de Marsan, un comerciante rico llamado Lieu Wei tiene tres hijos y tres hijas.

Ellos son la única familia de ese tipo que hay en la ciudad, el padre había cruzado el océano una y otra vez para vender sus mercancías aquí, hasta que vio la oportunidad de vivir entre sus clientes. Sus tres hijos le ayudan con el negocio, así que siempre están en un barco de un lado a otro, mientras que las dos hijas mayores se contonean por la ciudad, hacen alarde de sus lujosas pieles y de las joyas que les adornan los dedos pálidos y delgados y buscan hombres con los que casarse. Esto es todo un reto, porque las hijas de Lieu Wei están acostumbradas a tener las cosas más caras, de manera que necesitan casarse con hombres ricos. Sin embargo, los hombres o son guapos o son ricos y aquellos que son las dos cosas suelen ser criminales. De tal manera, las hijas de Lieu Wei van en busca de hombres guapos, pero los hombres guapos no quieren a mujeres de ese tipo, a menos que sean ricas, y las hijas de los comerciantes no son las más acaudaladas precisamente. Por eso las hijas riñen a su padre para que gane más y más dinero, porque ¿cómo si no iban a casarse?

Mientras tanto, la hija más pequeña se queda en casa. No le interesan el matrimonio ni los diamantes, así que se pasa los días leyendo libros y atendiendo a su padre, lo mantiene bien alimentado y deja la casa limpia como los chorros del oro, tiene su última lectura metida en el bolsillo trasero del delantal mientras pone una olla a hervir.

—Te llamé Mei, que dignifica *belleza*, y aun así sigues aquí aferrada a tu padre y haciendo de criada —se ríe Lieu Wei—. No puedes casarte con tus libros. ¿Cómo encontrarás a un hombre que cuide de ti?

—Tengo suficiente con un hombre mimado —replica Mei con un guiño.

—¿Cómo es que soy un mimado cuando te digo que te marches? —le pregunta su padre.

—¿Serías igual de feliz sin mí? —contesta Mei.

—No —suspira Lieu Wei.

Mei le acerca su té de perla preferido y una sopa de cangrejo y maíz.

—Cuando venda este cargamento, seré el hombre más rico de Mont de Marsan —dice Lieu Wei—. Entonces las tres podréis casaros y me aseguraré de que el mejor hombre de todos sea el tuyo.

—Pues espero que sepa cocinar, porque pienso quedarme aquí contigo —dice Mei con una sonrisa.

Lieu Wei niega con la cabeza.

—Cuánta belleza malgastada en una chica cuyo corazón es su mejor virtud.

Sin embargo, Mei no está mimando a su padre por pura virtud. Ella piensa que es cabezota, arrogante y que está obsesionado con el dinero, pero jugar el papel de la hija entregada tiene sus ventajas. Puede quedarse en casa y leer sus libros, mientras que sus hermanas salen a buscar maridos. Los hombres de esta ciudad son groseros e intolerantes. Te miran en lugar de *verte*. Mei no quiere tener nada que ver con ellos y mucho menos atarse a uno de por vida. Aun así, los hombres son los que tienen el dinero en este mundo y lo utilizan con las mujeres para conseguir esposas, de manera que se mantiene cerca de su padre y cada vez que este le da dinero a sus hermanas para que se compren nuevos vestidos y botas, él también le da un poco a Mei, que lo utiliza para comprar libros nuevos, mientras que lo que le sobra lo entierra bajo una tabla del suelo para así poder llegar a vivir algún día sin depender de un hombre, en una casa propia con una biblioteca de dos pisos y un jardín en el que poder leer. Unos años más de tareas y sacrificios y su sueño se hará realidad.

Entonces, el barco se hunde.

El barco con las nuevas mercancías de su padre, ese en el que invirtió sus riquezas para hacerse aún más rico.

El sueño de Mei se hunde hasta el fondo del mar.

Ahora Lieu Wei es pobre, tan pobre que sus tres hijos se van a trabajar con la competencia y las hijas mayores se pasan el día llorando en sus habitaciones. Incluso a Lieu Wei le cuesta levantarse por las mañanas, se pasa el día vagueando en pijama, pidiendo té de perla y sopa de cangrejo y maíz, aunque ya no tengan dinero para permitírselo. Sin embargo, Mei no piensa rendirse. Quiere su casa, su biblioteca y su jardín, así que escribe cartas a los banqueros de las ciudades cercanas y lejanas que pudieran estar interesados en invertir en el comercio de su padre. Al no recibir respuesta alguna, Mei insiste y les recuerda que Lieu Wei ya fue el hombre más rico de Mont de Marsan una vez y que lo sería de nuevo.

Por fin, recibe una única respuesta, de un banquero de la lejana ciudad de Toulouse, que está dispuesto a reunirse con el padre de Mei para ver si pueden llegar a un acuerdo.

Mei viste a Lieu Wei con su mejor traje y ensilla a su desnutrido caballo. Sus hermanas mayores salen de sus habitaciones para echar un vistazo.

—¿Vas a Toulouse? Esa ciudad es famosa por los bolsos —dice la primera—. ¡Cómprame uno, padre!

—¡También tienen sombreros muy buenos! ¡Yo quiero uno! —pide la segunda.

—Ahora que nuestros problemas se han solucionado, ¡os traeré dos de cada! —responde Lieu Wei antes de girarse hacia Mei, con ojos llenos de amor, puesto que fue la más joven y bondadosa la que hizo que esto fuera posible—. ¿Y tú que quieres, Mei?

Mei solo quiere que impresione al banquero para cerrar el acuerdo y así retomar el que ella tenía con su padre: ella lo cuida para que un día, cuando la vida de él termine, la suya comience, pero ni puede decir eso ni quiere ningún estúpido regalo como el que sus hermanas desean, así que, cuando responde, piensa en su futura casa y en los miles de libros y las flores del jardín en el que los leerá.

—Si ves una rosa, padre…

—Te traeré la rosa más hermosa que haya de camino a Toulouse —le promete y la besa en la mejilla.

Lieu Wei cabalga hasta Toulouse, pero la reunión no va bien. Está tan acostumbrado a ser rico y a que la gente busque su favor que ahora que su suerte ha cambiado, ha olvidado cómo ser humilde. Hace que el banquero se sienta pequeño a su lado, y nadie quiere invertir en alguien que es así. Hay más peces en el mar, así que Lieu Wei sale de la reunión con las manos vacías y cabalga de vuelta a casa en silencio y maldiciendo al banquero, ya que es incapaz de culparse a sí mismo.

Sin embargo, su ánimo mejora poco a poco. Está a unos cincuenta kilómetros de distancia cuando empieza a caer una fina nieve, y sabe que aunque no tiene un acuerdo que celebrar ni bolsos ni sombreros para sus hijas, Mei lo recibirá con una sonrisa y un beso, y piensa en lo afortunado que es de tener a una hija que lo quiere de manera incondicional. Debe asegurarse de encontrarle un marido adecuado cuando llegue el momento; no puede soportar la idea de que envejezca sola, leyendo libros en habitaciones silenciosas. Debido a estos pensamientos deja de prestar atención al camino y acaba en la linde de un bosque que no conoce. La fina nieve se convierte en una tormenta, la tempestad es tan fuerte que le nubla la vista. Cabalga hacia el interior del bosque, pero la noche añade un velo extra al oscurecer los árboles, la nieve cae implacable y de manera copiosa en todas direcciones, y ahora está cabalgando en círculos y seguro de que morirá de hambre, de hipotermia o comido por los lobos a los que oye aullar con energía en el viento. Aturdido, grita el nombre de Mei, como si fuera una palabra mágica que pueda salvarlo, justo antes de caerse del caballo encima de una tumba de blanca nieve.

Entonces una luz clara brilla en lo profundo del bosque.

Se dirige cojeando hacia ella y se encuentra con un enorme castillo al final de la arboleda. Tiene las ventanas iluminadas por la luz de unas llamas. Las puertas de la verja están abiertas y el camino de entrada, bien iluminado. Lieu Wei deja el caballo en un establo pequeño y cálido donde hay un cubo de manzanas frescas. Luego usa la aldaba para llamar a la puerta y, al no obtener respuesta, descubre que la puerta está abierta y entra. El fuego está encendido en el gran salón y cerca de él hay una mesa larga que brilla con platos de plata llenos de suntuosa comida: un potaje de carne con crema de rábano picante, champiñones del terreno con queso, patas de venado asadas con mermelada, panza de cerdo asada a fuego lento y manzanas a la salvia, coliflor con mantequilla, puré de chirivía y tartas de crema pastelera de ciruela y tomillo, pero solo hay un asiento preparado. Lieu Wei tiene tanta hambre y está tan acostumbrado a que Mei le sirva que no se lo piensa dos veces antes de ocupar la silla y comer hasta que le duele la barriga. Sabe que debería irse y cabalgar directamente de vuelta a casa, pero casi no puede moverse de lo que ha comido, así que se pasea por el castillo, solo para echar una ojeada a lo que hay, y siente envidia del solárium, la biblioteca y los jardines. Entonces encuentra una habitación iluminada por el fuego y con la puerta abierta, la cama dispuesta con mantas de plumas de ganso y almohadas mullidas, y no puede evitar arroparse, porque así es como Mei hace su cama en casa.

Cuando abre los ojos, ya ha amanecido. Un montón de ropa limpia de su talla descansa a su lado, junto a una caja de terciopelo con un par de peinetas con joyas incrustadas que Lieu Wei mete en el abrigo porque piensa que serán el regalo perfecto para sus hijas. También hay una bandeja con huevos, tostadas con mantequilla y una taza de chocolate caliente. Un hombre más modesto se habría preguntado quién le estaría dando esas cosas y por qué, pero Lieu Wei no le da muchas vueltas, como si fuera el huésped de un hotel de lujo. Después de comer y de vestirse, se dirige al establo para buscar a su caballo, que ya está esperando en la puerta, descansado y bien alimentado, al lado de un cenador lleno de rosas.

Está a punto de marcharse cuando se acuerda de Mei y de lo que le pidió y mira las exuberantes flores que tiene encima de la cabeza. Arranca la más bonita y huele su dulce aroma antes de guardarla en su abrigo.

Entonces oye un sonido y ve que algo sale del castillo, una silueta monstruosa con la cara del color de un pantano, peluda y horrible y los cuernos propios de un demonio. Lieu Wei se cae del caballo de la sorpresa y retrocede a gatas.

—Eres muy desagradecido —dice furioso el monstruo—. Te he salvado la vida al acogerte en mi castillo y tú me pagas arrancando mis rosas preferidas. Veamos lo que pasa cuando yo te arranque las tripas.

Lieu Wei junta las manos y le suplica:

—¡Lo siento, mi señor! ¡Por favor, perdóneme! La he arrancado para mi hija, que, de todos los regalos del mundo, no me pidió más que una rosa...

—No me llames «mi señor», llámame «Bestia», porque así es como me ves. Mira cómo tiemblas. Mira cómo evitas mirarme. ¡Mira lo mucho que deseas librarte de mí! —ruge el monstruo mientras se alza imponente ante él.

En ese momento, su cara se transforma en algo menos horrible, como si estuviera pensando en algo.

—De todos los regalos del mundo, ¿tu hija no eligió más que una rosa? —pregunta la Bestia.

—Es tan humilde y buena como lo es de bella —implora Lieu Wei—. Se llama Mei por su belleza interior y exterior. Por favor, tengo que volver con ella.

La Bestia se tensa y tuerce la rugosa nariz.

—De acuerdo —gruñe—. Vete a casa.

Lieu Wei se arrodilla a sus pies y le dice:

—Gracias, amable Bestia...

—Pero si te vas con vida, entonces debes mandar-
me a Mei antes de medianoche para que ocupe tu lugar
—exige la Bestia—. Si no lo haces, te encontraré a ti y
a tu familia y os haré pedazos. Tú eliges: muere ahora
o promete que mandarás a tu hija a ocupar tu lugar.

A Lieu Wei se le corta la respiración.

—Pero... pero...

La Bestia le ruge en la cara, y Lieu Wei está tan
asustado que se sube al caballo y se adentra en el bosque, sellando de este modo su promesa.

Decide no contarle a Mei lo que ha sucedido. Se
mudarán de casa, se irán a otra ciudad, navegarán
hasta la otra punta del mundo para escapar de este
indeseable demonio, pero ¿y si les sigue? ¿Qué pasa si
los encuentra allá donde vayan?

Intenta sonreír cuando llega a casa. Sus hijas mayores posan con sus nuevas peinetas en el pelo, sin
interesarse por cómo le fue en Toulouse y centrándo-
se únicamente en mirarse en el espejo, pero Mei conoce a su padre demasiado bien. Cuando le da la rosa,
ella ve la angustia en sus ojos, como si ese regalo tuviera un precio exorbitado, y Mei presiona a su padre
hasta que este le confiesa todo: la reunión fallida, la
tormenta de nieve, el castillo y la Bestia que casi lo

mata, y la promesa que la Bestia le hizo hacer cuando liberó a Lieu Wei.

—No temas —le dice su padre, que le da la mano a Mei—. Nunca dejaré que ese monstruo te atrape.

Sin embargo, Mei no parece estar nada asustada. Los ojos negros le brillan cuando se inclina hacia delante.

—Cuéntame más sobre esta Bestia. ¿Es rico?

—Es tan rico que hasta los pomos de las puertas están hechos de oro macizo —contesta su padre.

—¿Y el castillo es grande? —pregunta Mei.

—Tanto como un palacio, con grandes salones, una biblioteca, un jardín y tantas habitaciones que por poco no encuentro la salida.

—¿Y no vive nadie más además de la Bestia? —insiste Mei.

—Ni siquiera un ratón.

—Ya veo —contesta Mei—. Entonces, tal y como has dicho, debo ir y ocupar tu lugar.

—¿Por qué? —palidece Lieu Wei.

—Porque hiciste un trato —responde Mei.

Lieu Wei la sujeta e intenta hacerla cambiar de idea, pero es inútil; sabe que la determinación de su hija es tan fuerte como su virtud.

Pero la virtud no tiene nada que ver con los motivos por los que Mei accede a cumplir con los términos de la Bestia.

En su lugar, tiene en mente otra razón por la que ir al castillo que tiene una biblioteca, un jardín y en el que no vive nadie más.

Matar a la Bestia.

A nadie le importaría, ¿no es cierto?

El castillo sería suyo.

Parece un sitio agradable en el que envejecer.

El asesinato no va según lo previsto.

Aunque ella está más que preparada. Lleva una daga atada a la pierna debajo del vestido, siente el frío acero contra la piel cuando golpea al caballo. El animal sabe el camino y cabalga despreocupado mientras piensa en el cubo de manzanas que será su recompensa. Mei se asegura de llegar al castillo de la Bestia cuando aún hay luz, para evitar ser emboscada en la oscuridad. Al cruzar las puertas de la verja, el caballo galopa antes de pararse frente al castillo.

Le sorprende lo poco asustada que está.

Puede que sea porque ya odia a la Bestia.

¿Matar a una hija en lugar de a su padre?

¿Disfrutar con el tormento de una joven?

Qué predecible…

Quizás él sea un monstruo, pero se parece bastante a un hombre.

Se escucha el chasquido de unos palos.

Mei se gira para encontrarse a la Bestia de pie en el establo junto al cenador de rosas sujetando una bandeja con corazones de chocolate y dos copas de champán. Es tal y como su padre lo había descrito: de un verde extraño y salobre, con ojos grandes y amarillos, una nariz chata, como un león destrozado que hubiera nacido en el fondo del mar, solo que no ruge ni ataca. Viste un traje recién planchado, y ha rizado y peinado los flecos de su pelaje. La mira boquiabierto mientras pasa el peso de un peludo pie al otro, sin saber qué hacer a continuación.

Mei se da cuenta de que su padre estaba equivocado.

La Bestia no tiene intención de matarla.

Quiere que lo acompañe.

Para Mei, eso es peor que la muerte.

—Ahora eres mi prisionera —ruge la Bestia—. Ya no podrás volver a casa. Vivirás aquí para siempre.

—Eso ya lo veremos —responde Mei mientras se dirige hacia la casa.

El palacio es tan rico y hermoso que no parece ser obra de humanos. Las estatuas sonríen en su dirección; las cortinas de las ventanas se abren un poco más para iluminarle el camino; incluso hay un espejo que le dice *¡Por aquí!*, como si supiera lo que está buscando. Porque es la biblioteca lo que a ella le importa y, cuando la

encuentra, cae sobre las rodillas porque es más alta
que la casa más alta de Mont de Marsan y tan vasta
como un salón de baile real, tiene escaleras mágicas
que se inclinan hasta el suelo y la elevan para llevarla
rápidamente desde las novelas románticas hasta las
de misterios pasando por las de fantasía. Cada es-
tantería es como una tierra exótica porque los
hombres de su país solo atesoraban libros sobre
naufragios y selvas, pero aquí hay muchos libros,

demasiados libros, y Mei no sabe por dónde empezar a leer. En ese momento se da cuenta de que la Bestia la está observando desde la puerta y que sigue sosteniendo la bandeja con los corazones de chocolate, y ella piensa que es el momento perfecto para matarlo y así poder leer en paz.

—Tienes que darle una oportunidad a este libro —le dice la Bestia.

Saca un libro de una de las estanterías inferiores y lo coloca sobre la mesa.

Luego se va.

Los espejos la guían hasta su habitación, que es disparatadamente grande y tiene tres armarios repletos de vestidos y zapatos que nunca se pondría, pero la cama es cómoda, así que se acomoda en los cojines y le da una oportunidad al libro. No trata sobre naufragios ni selvas, sino sobre un hombre llamado Barba Azul que es tan guapo y rico que se casa una y otra vez, pone a todas sus mujeres a prueba para ver si obedecen sus órdenes y les corta el cabeza cuando no lo hacen, hasta que una chica logra escapar y un guapo y oscuro príncipe la rescata antes de clavarle un puñal en el corazón a Barba Azul. Fin.

Cierra el libro de golpe, lo suficientemente alto como para asustar a los espejos de la sala, que susurran *¡Ay, madre!* y *¡oh, cielos!*, como si estuvieran demasiado acostumbrados al silencio.

Sirven la cena a las seis, y Mei elige un vestido del armario que es pesado, plateado y parece una especie de armadura.

La mesa en el gran salón reluce con ensalada de langosta trufada, faisán confitado, natillas de huevo, filete a la *chateaubriand* y cuajada de limón con frambuesa, pero Mei solo pide un poco de caldo y arroz, que la Bestia no tarda en ir a buscar, lo que hace que se pregunte quién está cocinando.

—El castillo está encantado por hadas —le explica la Bestia, que parece que le ha leído los pensamientos—. Me encontraron vagando por el bosque y me trajeron aquí. Ellas ven más allá del físico. Ven quién eres.

Un nuevo giro inesperado, piensa Mei. ¿Le gustaría *ella* a las hadas? No quiere ser una huésped no deseada en su propia casa. Puede que tenga que esperar para matarlo hasta asegurarse el favor de las hadas, lo que iba a ser una tarea bastante complicada, teniendo en cuenta que ni siquiera puede verlas.

—¿Te ha gustado el libro? —le pregunta la Bestia.

Mei levanta la mirada para responderle:

—No sabía que las Bestias supieran leer.

—Cuando leo, dejo de ser una Bestia —contesta y vuelve a preguntarle—: ¿Te ha gustado el libro?

—No mucho —replica Mei—. Una chica debería librar sus propias batallas contra un monstruo en lugar de llamar a un príncipe.

La Bestia se queda mirándola un rato largo.

—Te prestaré otro mañana —le dice.

Comen en silencio, los modales de él son mejores de lo que ella esperaba. Mientras Mei lee en el jardín al atardecer, piensa en qué libro le prestará mañana. Ella siempre ha elegido sus lecturas, pero ahora piensa en lo que le espera: la longitud, el sentimiento, el aroma… Cuando se desviste por la noche, encuentra la daga que tenía atada a la pierna y apenas recuerda para qué era. Será mejor dejarlo estar, por si acaso.

Todos los días son iguales. Le deja un libro en la mesa después del desayuno y, a la hora de la cena, ella le da su opinión. Al segundo mes, Mei nota cómo a la Bestia se le hace la boca agua mientras se sienta para cenar, no por el festín, sino por sus críticas de las lecturas que le elige, y a pesar de resistirse a alabar mínimamente alguna de ellas, Mei piensa que el gusto de la Bestia ha mejorado. Está la historia de un rey que tiene cuatro hijos y al que engañan para que ordene matar a su favorito a manos de sus hermanos. El cuento de una familia pobre que vive en un pueblo y que se enriquece y esto acaba siendo su perdición. El libro sobre los animales que reconquistan la Tierra. La mayoría de las historias tienen un final trágico o una advertencia sobre por qué no se debe confiar en los hombres, y ella podría pasarse toda la vida leyéndolas. Sin embargo, cuanto más le agradan las elecciones de la Bestia y más le brillan los ojos en la cena, peores empiezan a ser sus selecciones: un niño perdido que encuentra una familia en una isla; una ciudad que sufre una sequía encuentra una fórmula mágica para hacer que llueva; una reina y una humilde cocinera que tienen una amistad bastante peculiar... hasta que, finalmente, hay una que ofende a Mei: la de una chica amante de los libros e independiente que al principio no corresponde a un hombre pedante y de mandíbula marcada, pero del que acaba enamorándose y del que termina siendo su esposa.

—¿Crees que el final es feliz? —le pregunta Mei nada más se sienta a cenar.

—Se casan porque se quieren de verdad —responde la Bestia.

—Lo quiere de verdad porque él es guapo —replica ella—. Apenas lo conoce.

—¿Qué más necesita una chica de un hombre para casarse con él? —pregunta la Bestia—. ¿Qué más necesita saber?

—Que él estará cuando ella lo necesite. Que la entiende. Que si ella se cae, él estará ahí para levantarla.

—Te ofrezco todo eso —dice la Bestia—. ¿Quieres casarte conmigo?

Mei lo mira y parpadea asombrada.

—Lo quiere de verdad porque él es guapo —gruñe la Bestia—, porque eso es todo lo que las chicas desean.

Al día siguiente el libro trata sobre una chica fea que vende su voz para ser bella y poder casarse con un príncipe guapo, y Mei casi no puede terminarlo. Abandona el libro en el jardín, alumbrado por la luz del sol, donde sabe que la Bestia lo verá.

—¿Te he ofendido? —le pregunta él en la cena.

—Piensas que no me caso contigo por tu aspecto —responde Mei—, pero eres una Bestia que me tiene retenida y que espera que a cambio me enamore de él.

—¿Qué pasaría si te liberara? —pregunta la Bestia—. ¿Te casarías conmigo entonces?

—¿Qué pasa si no quiero casarme? —contraargumenta Mei—. ¿Qué pasa si no me interesa nada en absoluto encontrar el amor?

—La soledad no es victoria alguna —suspira la Bestia—. Me he pasado toda la vida solo.

—Bueno, pero yo no soy como tú —contesta Mei—. Soy más feliz cuando estoy sola.

—Te concibieron una madre y un padre. Fuiste fruto del amor —sostiene la Bestia—. El amor es lo que te nombró Bella. Es la semilla de lo que eres. Incluso si proteges a tu corazón en la dureza de una bestia. El amor te encontrará igual que la luz de miles de hadas me encontraron a mí.

Hay destellos que parpadean en sus ojos, como si fueran el reflejo de pequeñas alas.

Mei lo mira y se sonroja.

Luego su faz se vuelve impasible.

—Sabes tanto del amor como de la belleza —contesta Mei, que se levanta y lo deja allí solo.

Al día siguiente, no le deja ningún libro preparado en la biblioteca.

Por lo tanto, Mei sube las escaleras hasta el peldaño más alto, igual que un excursionista sube a la cima de una montaña, y busca algo que pueda gustarle, algo que haya encontrado ella misma.

Mei se resbala y se cae.

Cae y se precipita hacia la muerte.

Unas patas suaves la atrapan, la sostienen contra el pecho, como si él hubiera estado allí todo el tiempo. Por un momento, el amor aflora en el pecho de Mei, el amor que ha estado conteniendo, el amor que había olvidado desde la muerte de su madre, un amor tan lleno de luz y fuerza que le arranca la oscuridad del corazón. Él tenía razón. El amor la había encontrado, justo a tiempo y ahora ella se casaría con él, con su hermosa Bestia, porque para ella no es una bestia, no en su tacto, no en todo lo que importa.

Sin embargo, Mei solo piensa en sí misma, como suele hacer.

Se ha caído desde una altura bastante considerable. Para atraparla, él ha salvado su amor en lugar de a sí mismo. La espalda de la Bestia se rompe contra el mármol. Mei oye el chasquido, como el de un corazón al partirse por la mitad.

Cuando se libera del agarre de la Bestia ve que este tiene los ojos húmedos y que el color va desapareciéndole de las mejillas, su vida pende de un último y reluciente hilo, tan fino como el borde de una página.

—Por favor, no te mueras —suplica Mei.

Lo besa en los labios y lo abraza mientras la Bestia se estremece…

Se escucha un eco en el exterior.

El estruendo de unos caballos.

Mei corre hacia la parte delantera del castillo y abre las puertas.

Se encuentra con Lieu Wei ahí vestido con una armadura y acompañado por seis hombres atractivos montados a caballo y empuñando arcos y espadas. Su padre vuelve a ser rico. Solo era cuestión de tiempo, y ahora ha venido a llevársela a casa.

Mei cierra las puertas con fuerza, las atranca y se encierra allí.

Corre hacia la biblioteca, pero la Bestia no está donde lo dejó.

En su lugar hay un hermoso príncipe de piel morena vestido con un traje dorado que la mira como si hubiera llegado para casarse con ella. ¡Es uno de los hombres de su padre!

No duda. Alcanza el cuchillo que tiene en la pierna y apuñala al extraño en el pecho, un golpe mortal, antes de sujetarlo y preguntarle qué ha hecho con su Bestia.

—¡Dímelo! —grita—. ¡Dímelo!

Solo es consciente de su error cuando el príncipe exhala, y entonces Mei reconoce el brillo en los labios del príncipe, justo donde lo besó, y el tan familiar fuego de sus ojos, salvajes pero repletos de un amor bestial.

Todo por mirar, pero no ver.

Es tan culpable como los demás.

En un castillo vacío, una chica lee un libro.

Las hadas le llevan bombones y té.

Sin embargo, lo que ella quiere es silencio.

Un silencio que solo se rompe cuando termina de leer la última página.

Entonces espera a escuchar en la biblioteca el sonido del revuelo de libros entre los que una mano invisible rebusca para dejarle un nuevo ejemplar sobre la mesa.

Lo está escuchando ahora.

Plof, plof, plof.

Igual que el sonido de los pasos de un fantasma sobre mármol.

Igual que el sonido de la caída de los pétalos de una
rosa.

BARBA AZUL

CUANDO EL HOMBRE DE LA BARBA AZUL llega, ninguno de los chicos quiere irse con él.

Esto llama la atención del director del orfanato, ya que todos los chicos se mueren de ganas de tener un hogar que esté alejado de las húmedas camas, las pestilentes gachas y las típicas palizas que los meten en vereda. La miseria de ese sitio está diseñada: ¿cómo, si no, iban a conseguir que los chicos se lavaran las caras y sonrieran tanto como pudieran cuando una pareja, un hombre y una mujer bien educados y deseosos de encontrar al menos salvaje de todos para poder llamarlo hijo, venía a verlos?

Sin embargo, el hombre de la barba azul viene sin mujer. Camina con pasos largos de puerta en puerta solo, se oculta bajo una piel de tigre blanco, tiene el cuello y los dedos adornados con rubíes y golpea el suelo con los afilados tacones de sus botas, *tap, tap, tap.* Han tenido que amenazar a los chicos con una paliza para que salgan de sus habitaciones. Ya lo han visto antes. Ha venido dos veces para ponerlos en fila e inspeccionar a cada uno de ellos con esos ojos negros como piedras y esa sonrisa vacía en busca de algo en concreto para acabar yéndose igual que vino, con la cabeza blanca de un tigre arrastrando por detrás. Tiene las cejas negras y pobladas, el pelo corto y negro y la barba del color de la medianoche, tan azul y extraña que parece una señal de peligro.

Los chicos lo llamaban Barba Azul y contaban historias sobre el origen de esa barba: la maldición de una bruja, el nido de un dragón, incluso un portal al mismísimo infierno. Aun así, él no la oculta, sino que deja que crezca larga y frondosa, perfectamente cuidada, como si se tratara de un bosque privado. Es tan guapo como rico, pero ni por esas los chicos quieren irse con Barba Azul, incluso si eso significa seguir soportando más servidumbre y gachas, pero, por ahora, parece que Barba Azul tampoco los quiere a ellos.

No obstante, llega un chico nuevo. Se llama Pietro y acaba de cumplir dieciséis años. Tiene un aspecto dulce y afeminado, el pelo largo y rubio y unos ojos verdes y grandes que parpadean igual que los de una muñeca. Como si no fuera ya lo suficientemente duro ser novato allí: los chicos no quieren saber nada de ti, no hasta que te hayas dado los suficientes baños con agua fría, encontrado cuencos llenos de gusanos y pasado varias Navidades sin recibir regalos. Pero Pietro es infame, tiene las extremidades finas y pálidas, las pestañas enmarañadas, la boca grande y dos pendientes de perlas pequeñas en las orejas, como si ni siquiera fuera un chico. Los otros lo esquivan cuando pasa, sobre todo los mayores, que temen que les pegue lo que sea que hace que él sea menos hombre, y aun así no pueden dejar de mirarlo, se les humedece la boca y se sonrojan. Solo el joven Enzo se acerca y se sienta a su lado para cenar, porque Enzo se da cuenta de que Pietro no come y piensa que si se porta bien con él, podrá quedarse con su cuenco.

—¿De dónde eres? —le pregunta Enzo.

—De Calabria —responde Pietro. Su voz es despreocupada y dulce y se disipa conforme suena. Los chicos de las otras mesas le lanzan cucharadas de gachas que le aterrizan en el pelo. A Pietro no le importa. Son sus hermanos, todos y cada uno de ellos. Son familia de sufrimiento.

—¿Estabas en otro orfanato? —le pregunta Enzo.

—No —contesta Pietro.

—¿Tus padres murieron?

—Cuando tenía nueve años.

—¿Con quién vivías entonces?

—Con mi tío.

—¿Era un buen hombre?

—Lo fue durante un tiempo.

—¿Te abandonó?

—No exactamente.

—¿Qué le sucedió?

Pietro se gira hacia Enzo para responderle:

—Lo maté.

Noticias como estas vuelan.

Los chicos dejaron de lanzarle gachas.

Esa noche, Pietro se despierta sobresaltado.

Un hombre con la barba azul le tiende la mano, igual que un ángel en la oscuridad.

Ninguno de los otros chicos está despierto, y Pietro piensa que se trata de un sueño, pero entonces ve al director del orfanato, que sostiene una bolsa de oro detrás del extraño barbudo.

—¿Quieres venir a vivir conmigo? —le pregunta Barba Azul al chico.

Pietro se queda sin respiración.

Son las mismas palabras que le dijo su tío cuando lo encontró.

Pietro había aprendido mucho desde entonces.

Conocía lo peligrosos que podían ser los hombres, lo que esconden tras las puertas cerradas.

Pero Pietro es práctico.

Todos los chicos de aquí deben valerse por sí mismos y esta es su oportunidad para salir de aquí.

Las joyas que adornan los dedos de Barba Azul brillan en los ojos del chico como si fueran estrellas fugaces.

Pietro se inclina hacia delante y las besa.

—¿Tienes esposa? —le pregunta a Barba Azul mientras viajan en su carruaje por las montañas.

El último rayo de sol rojo atraviesa la ventana como un sable e ilumina al chico con un brillo sangriento y deja a su nuevo amo perdido en las sombras.

—Estuve casado una vez —responde Barba Azul—. Sin embargo, las esposas son gatos curiosos. Meten las narices en todo y hacen demasiadas preguntas. No son agradecidas. No son como tú. Tú eres callado y obediente. Tú agradeces tener a un hombre como yo para protegerte.

Su tono de voz suena dominante, silencia a Pietro antes de que este sea capaz de responder. El chico agradece que el sol le ciegue y le bloquee la vista de la cara de ese hombre que lo reclama.

—No tengas miedo —le dice Barba Azul—. Podrás invitar a quien quieras para que se quede con nosotros. ¿Tienes familia?

—No —responde Pietro.

—¿Amigos?

—No.

—Ah, entonces estaremos solo tú y yo —concluye Barba Azul.

La luz cambia y lo saca de la oscuridad. Ahí está, el retrato de un hombre que tiene la nariz torcida, como si se la hubiera roto, una cicatriz en la mejilla derecha que no parece muy antigua y la piel tan lisa que parece que se la haya embalsamado. Es difícil escapar de su olor: una cortina calurosa y ahumada, como su hubiera nacido de las llamas. Sin la piel del tigre, los brazos carnosos del hombre se le marcan en la túnica y el azul de su barba descansa sobre el oscuro vello que tiene en el pecho. Señala con la cabeza una caja de higos, almendras saladas y queso que hay al lado del chico, pero Pietro no come, porque si comiera, eso significaría que acepta ser una posesión, como cuando un perro deja que le pongan un collar. Mira por la ventana y ve pasar rápido un bosque (si le diera una patada a la puerta podría escaparse en cuestión de segundos), pero luego recuerda lo que les sucede a los chicos como él cuando se pierden en el bosque: siempre los encuentran hombres como este. No importa a dónde vaya. Hombres como este hay en todas partes. Buitres que fingen ser leones.

Dejan atrás el bosque. En el reflejo del cristal, Pietro ve que el hombre lo está observando con el ceño fruncido. El carruaje reduce la velocidad mientras sube hasta la cumbre en la que está el castillo. En el exterior, Pietro divisa un zorro viejo y escuálido, está solo y agachado en la hierba. Los depredadores deben pensar que es una presa fácil, el zorro, pero, a pesar de todo, ha logrado sobrevivir hasta la fecha, ¿no es así? Al igual que los de su especie: de cuerpos delicados, pero fuertes de espíritu y siempre dispuestos a cazar. No importa las veces que los cazan a ellos, porque un día serán libres, libres para brillar, libres para existir en el mundo igual que el viento, el sol o la lluvia y haciendo que se avergüencen todos los corazones débiles que se rinden sin luchar. Son hermanos, Pietro y el zorro, al igual que Pietro y los chicos del orfanato, al igual que todos los seres que son abandonados y subestimados, todos son hermanos. Pietro busca en las profundidades de la mirada y del corazón del zorro y empieza a escuchar su historia, un eco de la que él mismo ha vivido.

El carruaje recupera el ritmo y el zorro desaparece.

—¿Qué les pasó a tus padres? —le pregunta Barba Azul.

—Una gripe se propagó por Calabria —responde Pietro—. Solo los niños eran inmunes. Pusieron a la ciudad en cuarentena y no dejaron que nadie entrara durante meses. La mayoría de los niños murieron de hambre. Cuando vino mi tío, yo seguía vivo, porque me había alimentado a base de pequeños trozos de una barra de mantequilla.

—Qué afortunado —señala Barba Azul.

—Qué inteligente —contesta Pietro mirándole.

Cuando Pietro era joven, su madre y su padre solían contarle cuentos de amor, sobre príncipes que vivían en castillos y que cargaban en brazos a las chicas, y Pietro siempre solía identificarse con esas chicas que empezaban el día como de costumbre y lo terminaban en los brazos de un chico corpulento. También le contaban cuentos con advertencias sobre hombres apuestos con un pasado, hombres que les cortaban la garganta a sus esposas y, a veces, Pietro se preguntaba si todos esos cuentos no serían el mismo: uno en el que el apuesto príncipe que se llevaba a chicas inocentes a su castillo se convertía en un hombre desalmado que las mataba.

El castillo de Barba Azul está en equilibro sobre un acantilado, tiene tres torres de piedra con torretas puntiagudas, como una horqueta que surge desde el mar hacia el cielo oscuro de la noche. Mientras el carruaje atraviesa las puertas y sube la montaña, Pietro oye cómo las olas chocan con las rocas, como si fueran el rugido de unos fantasmas golpeando una puerta. No hay ningún mozo de cuadra ni criado esperándoles. El conductor se lleva el

carruaje. Cuando Barba Azul guía a Pietro hacia el interior del castillo, están los dos solos.

Lo primero que ve Pietro es la hoja curva de una espada suspendida en la oscuridad como si fuera una sonrisa resplandeciente. Luego, la luz le inunda la vista y ve un centenar de candelabros, bolas de espejo de llamas y cristal, que iluminan la espada que cuelga en una pared, y los largos pasillos situados a ambos lados, pavimentados con terciopelo rojo, que indican el camino que hay que seguir. La casa huele como su dueño, al mismo denso y ahumado almizcle, y Pietro se rinde a él, inspira mientras deja la espada atrás y explora la casa sin pedir permiso. Es un lugar incomparable que está lleno de flores y dulces: hay violetas, adelfas y buganvillas en flor en cada una de las habitaciones, junto a latas de bombones, mazapán y tartas de crepes glaseadas. Abundan los joyeros, los cofres y los armarios, muchos están cerrados con llave y tienen cerraduras relucientes por las que Pietro quiere asomarse. Las muñecas le vigilan como centinelas, son chicos y chicas de porcelana, que están situados encima de las camas, sobre cojines o metidos en vitrinas y que no dejan de mirar a Pietro allá donde va. Barba Azul también está allí, persiguiéndolo como una sombra. Sus miradas se cruzan en un espejo.

—¿Cuál es mi habitación? —pregunta Pietro.

—Todas menos una —responde Barba Azul.

Pietro le devuelve una mirada inquisitiva, pero su guardián ya está al final del pasillo, la fina alfombra roja lo lleva como si fuera un rastro de sangre.

—Báñate y ponte ropa limpia —le ordena Barba Azul—. Hay algo de ropa para ti en cada uno de los armarios. La cena estará lista en veinte minutos.

Pietro encuentra al lado de la puerta una bañera ya llena de agua humeante, burbujas rosadas y unas gotas de flor de cerezo. Se encierra en el baño, se quita las prendas de ropa que ha estado vistiendo desde hace días y mira detenidamente su cara sucia y humilde en el espejo antes de sumergirse en el agua, en el silencio ensordecedor, y preguntarse si este será su último momento de libertad. En cuanto se siente en la mesa con su nuevo amo, comenzará la caza.

Pietro aprendió todo esto con su tío.

Las etapas de la cacería.

Primera etapa, el acuerdo.

Yo te cuido y tú te portas bien.

Segunda etapa, la amenaza.

Como me traiciones te quedas en la calle.

Tercera etapa, el castigo.

Se rompe el acuerdo.

Las cosas no pueden volver a ser como eran.

La muerte salpica el camino en todas direcciones, como aceite que espera una llama para prender.

Pietro abre un armario y encuentra una camisa de seda pura y de un magnífico color azul. Lo conjunta con unos pantalones de lino blanco y, cuando se mira en el espejo, su imagen le recuerda a un fresco cielo de verano. Barba Azul no había mencionado dónde sería la cena, así que vaga por los pasillos hasta que huele el aroma sangriento de la carne y encuentra a Barba Azul esperándolo sentado en una larga mesa de cristal apoyada contra más cristales con vistas al mar y en cuya superficie se refleja el azul alienígena de la barba y el abrigo de terciopelo negro que viste. Tiene dos platos de filetes, patatas y guisantes, así como cofres de bombones dispuestos a ambos lados de una vela alta que gotea.

Pietro picotea la carne.

Barba Azul lo observa y sonríe.

—Mañana iré a trabajar a Astapol —le informa—. Estaré fuera al menos dos semanas, así que tendrás tiempo de acostumbrarte a tu nuevo hogar. La cocina está llena de comida, pero veo que no vas a necesitar mucha.

Cuando Pietro va a sacar un bombón del cofre, Barba Azul lo cierra de golpe.

—Escúchame —le dice de forma escueta.

Pietro levanta la mirada.

El acuerdo.

Barba Azul saca un llavero del abrigo y lo deja encima de la mesa. Es un anillo de metal pulido del que salen las llaves como un centenar de dientes afilados.

—Estas son las llaves de todas las habitaciones del castillo a las que tienes permitido entrar y usar —le comenta—. No son solo las llaves de las habitaciones, sino también de todos los armarios, los cofres y las cajas fuertes que también tienes a tu disposición. Sin embargo, hay una llave pequeña y negra, ¿la ves?

Pietro se fija en la llavecita negra, que está separada de las demás y que es de un negro tan parejo como el de una obsidiana. Parece que esté hecha de un material extraído a mayor profundidad que el metal, del mismísimo centro de la Tierra.

—Esa es la única llave que no puedes utilizar —le advierte Barba Azul—. Abre una habitación del sótano de la torre norte. Te prohíbo que entres en esa habitación y, si lo haces, te castigaré de forma muy dura.

Qué directo, piensa Pietro mientras mira el mar tempestuoso. Normalmente las etapas de una cacería se suceden progresivamente, pero en este caso han venido todas de golpe, igual que las llaves del llavero: el acuerdo, la amenaza y el castigo. Etapas uno, dos y tres.

—Toma las llaves —le ordena Barba Azul—. Ahora son tuyas.

Pietro no tiene elección.

El juego ya ha empezado.

Barba Azul parte a Astapol al amanecer. Llama a la puerta de la habitación de Pietro antes de irse y asoma la cabeza, pero Pietro finge que está dormido. Espera envuelto en las sábanas de raso hasta que escucha que las puertas del castillo se cierran y se asoma por la ventana. A solas, ve cómo el carruaje se detiene y absorbe la corpulencia del hombre y su pequeña maleta antes de que los caballos lo lleven montaña abajo hacia la luz azul tinta.

Pietro suelta el aire que tenía contenido.

Está en la gloria durante seis días. Se pasea por el castillo vistiendo las pieles de Barba Azul, los trajes elegantes y las botas de tacón alto, las chaquetas de terciopelo y las batas de algodón, mientras come bombones y tarta y se deja caer sobre el sofá como una reina aburrida para leer las novelas que encuentra en las estanterías. Cuando hace calor, sale y toma el sol sobre el césped, baila en la azotea al ritmo de una música imaginaria o se prepara un picnic con melón, yogur y pepino e imagina que está en un palacio de campo que es de su propiedad. Por la noche, se inventa nuevas recetas y se toma su tiempo para prepararlas (sopa picante de mango y jengibre, *risotto* de setas con aceite de trufa, pisto con alcachofas, cuscús con granada y lentejas) antes de comérselas en silencio y deleitarse con el sabor aunque este sea horrible. Después, limpia a fondo la cocina para poder hacer lo mismo al día siguiente. Cada noche duerme en una habitación diferente y tiene la sensación de que nunca va a llegar a probarlas todas.

Pero entonces llega la sensación de escalofrío, esa tirantez en el cuello que le recuerda que sigue teniendo dueño y se siente igual que un cordero al que dejan atiborrarse y jugar antes de que descubra por qué lo compraron. Ese sentimiento crece y se encona en su interior hasta que una mañana está desayunando vestido con una bata y con una toalla enrollada en la cabeza; con la piel oliéndole a orquídeas blancas y la barriga llena de crema de coco y, aun así, no puede dejar de pensar en la llave que tiene en el bolsillo, *esa* llave, esa de cuya existencia debería olvidarse. El acuerdo es simple: no entrar en el sótano de la torre norte para así librarse del castigo. Una prueba de curiosidad sencilla. La mayoría de

los chicos no pasarían esa prueba, la tentación de entrar es demasiado grande, pero Pietro no es como la mayoría de los chicos. Para él es una regla sin importancia que debe obedecer para disfrutar de este tipo de vida en la que puede mandar sobre una mansión situada en la montaña y aullarle a la luna.

El tornillo de banco fantasma que siente en el cuello se aprieta más. Si no fuera porque, por supuesto, esta vida *no es* real. Barba Azul volverá, y Pietro dejará de ser el amo del castillo para pasar a ser su esclavo. Ese es el trato que hizo cuando le dio la mano a Barba Azul. Salvarse del orfanato, aunque no pudiera salvar a los otros. La libertad a toda costa.

No obstante, ¿cómo puedes vivir dependiendo de un acuerdo si no sabes el coste?

Pietro se levanta de la mesa y baja al sótano en cuestión de un minuto, sigue ataviado con la bata y el turbante y finge que es un sirviente que busca más aceite de oliva u otro juego de sábanas. Sin embargo, una vez dentro, el estómago se le revuelve y los músculos se le tensan por la adrenalina, igual que si fuera un zorro a punto de ser capturado.

El sótano está despejado, no hay nada a excepción de un botellero y de unos cuantos baúles cerrados con llave, pero para ser un sótano está muy bien cuidado y limpio, lo que hace que Pietro se pregunte si no se habrá equivocado de torre, ya que no ve una puerta...

Hasta que la ve.

Y es que solo quien esté buscando una puerta sería capaz de encontrarla, puesto que está escondida en las sombras del extremo más lejano de la estancia. Mientras Pietro se acerca, se fija en que el suelo cercano al marco de la puerta está más oscuro y tiene marcas de huellas profundas, como si los recuerdos de quienes pasaron por ahí no pudieran ser borrados. Esta es su última oportunidad para darse la vuelta, pero no lo va a hacer, porque este es el camino, la única puerta que desvelará la verdad, así que saca el anillo de llaves del bolsillo de la bata, busca con los dedos la llavecita negra y la introduce en la cerradura. Gira la llave con fuerza, quita el cerrojo y arrastra el peso de la puerta para abrirla.

Se le escapa un grito y se deja caer contra la puerta, las llaves se le escapan de las manos y hacen un sonido metálico al chocar con la piedra.

Hay seis chicos colgando de las paredes de la habitación. Tienen distinta altura, complexión y color de piel, pero todos tienen su edad, los mismos rasgos dulces y la misma ligereza etérea, como si no se identificaran ni como un chico ni como una chica. Tienen las gargantas rajadas, la ropa manchada de sangre y los ojos abiertos de par en par, como si cada uno de ellos hubiera presenciado los horrores de esa habitación pero no hubiera podido evitar su destino.

Pietro se lleva las manos al cuello, contiene la respiración. Tiene que salir *inmediatamente* antes de dejar cualquier tipo de marca o de rastro. Aterrorizado, recoge las llaves del suelo y descubre que una gota de sangre ha manchado la llave de esa habitación. La frota con la mano, pero no sale. Corre escaleras arriba, sumerge la llave en agua con jabón, la empapa con lejía y aceite, pero la mancha permanece inalterable, la marca roja es indeleble y brilla más con cada intento que hace por borrarla. ¿Qué hace? ¿La esconde? ¿Se deshace de ella? Pero ¿qué pasa si Barba Azul le pregunta por ella? ¡Es indudable que va a preguntar por ella! Entonces descubrirá la mancha de sangre, la mancha que no sale, porque está hecha para que no se borre...

De repente se da cuenta.

Al igual que debieron hacerlo los seis chicos anteriores a él.

Acuerdo, amenaza, castigo.

Las etapas de una cacería.

Se ha roto el acuerdo.

Se ha ignorado la amenaza.

Ahora Pietro va a morir.

A menos que se escape ahora mismo y corra sin parar montaña abajo, en dirección a los árboles...

Pietro escucha el sonido de un rugido que viene de fuera.

Corre hacia una ventana. Un carruaje vira bruscamente montaña arriba, una sombra alumbrada por las
llamas de dos antorchas, como si fueran el foco de un
demonio. Barba Azul está de camino y percibe el error
del chico igual que percibió su llegada al orfanato.

No hay escapatoria.

Pietro cae sobre las rodillas y los sollozos lo dejan
sin respiración mientras piensa en el monstruo que viene a matarlo, en el espacio vacío que había en la pared
de piedra junto a los otros chicos, el lugar donde pere-
cerá…

Calma el llanto poco a poco.

Recupera la respiración.

Todavía no ha terminado la historia.

Aunque ya la hayan contado.

Cada chico pensaba que él era diferente.

Cada chico pensaba que él podía romper las reglas
de los hombres.

Todos terminaron sacrificados.

Sin embargo, Pietro *es* diferente.

Porque Pietro no solo lucha por sí mismo.

Lucha por sus hermanos, y aquellos que luchan por
los demás no caen tan fácilmente.

Su tío aprendió esa lección a base de bien.

Pensó que había derrotado a Pietro, que lo había
acorralado de por vida.

Tres gotas de veneno en el vino de su tío y…

Los zorros siempre encuentran una escapatoria.

Pietro vuelve a la habitación sangrienta.

Esta vez mantiene la compostura cuando abre la puerta y sostiene la llave de manera firme entre los dedos.

Una vez está dentro, se toma su tiempo, se acerca al primer cadáver y le mira a los aterrorizados ojos, le toca la piel fría y oscura, como si estuviera con él mientras muere y lo estuviera tranquilizando. Pietro le besa en la frente, le da un beso que los une en hermandad y en amor, y, a cambio, escucha la historia del chico en su corazón.

Barba Azul entra en el castillo, sediento de sangre.

Está sonriendo, la media luna blanca brilla en la oscuridad igual que la espada que lo recibe colgada en la pared. Empuña la hoja y va a cazar.

No necesita ver la llave.

No necesita pruebas.

Puede saborear la sangre.

Vive por y para esto: atrapar y matar.

Solo que no hay rastro de él.

El chico.

Barba Azul nunca piensa en ellos por su nombre.

No hay nadie en los dormitorios ni en los armarios.

No hay nadie escondido debajo de las camas.

La mayoría se esconden debajo de la cama.

Así que ¿dónde está él?

Recuerda a un chico que no fue capaz de salir de la habitación prohibida, estaba demasiado asustado como para esconderse y esperó al castigo junto al cuerpo de los otros. Así de dulce y agradable era. Este chico le recuerda a ese, por el pelo de león y la mirada ingenua.

La puerta del sótano sigue abierta.

Puede ver en el suelo las huellas recientes del chico.

Entra con cuidado a la habitación…

Barba Azul se tensa.

No están.

Ninguno de ellos.

La habitación está vacía y no queda nada más que sangre.

Se pone en marcha, las botas retumban a cada paso, sujeta fuerte la espada y la respiración se le entrecorta, como si fuera él al que estuvieran cazando. Corre escaleras arriba, hacia el ala oeste, sigue el camino rojo por los pasillos alumbrados, hasta que llega a la habitación de cristal y no se da cuenta del engaño.

Están aquí.

Esperándole.

Los seis chicos están sentados para cenar.

Tienen las camisas rasgadas.

Tienen sus nombres escritos con sangre en el pecho.

Alistair, el que ama los gatos.
Rowan, el que ama el chocolate.
Lucas, el que ama el océano.
Stefan, el que ama correr.
Pedro, el que ama los caballos.
Sebastian, el que ama cantar.

Barba Azul emite un sonido de asfixia, como si no fuera capaz de respirar, y las mejillas se le ponen del mismo color que la barba. En un arrebato, se abalanza sobre cada uno de ellos y frota la sangre, tratando de limpiarla, pero solo lo empeora y, mientras se tambalea de un chico a otro, la sangre le mancha la cara, los brazos y la barba hasta que llega a Sebastian. Barba Azul se agarra a él, le restriega el pecho mientras intenta borrar el nombre y siente que hay algo más allí, que hay algo detrás de Sebastian, como si su cuerpo estuviera protegiendo el de otro. Barba Azul lo empuja para apartarlo.

Un séptimo chico le espera.

La sangre brilla en su piel.

Pietro, el que ama a sus hermanos.

Barba Azul levanta la espada.

Pietro le clava en el corazón un cuchillo carnicero y lo golpea con una silla, contra la ventana, contra el cristal, que estalla, antes de que Barba Azul se precipite con los ojos abiertos de par en par hacia el gran y salvaje océano.

El director del orfanato trabaja hasta bien entrada la noche mientras trata de escuchar el sonido de alguna travesura que provenga de las camas y así tener un motivo por el que azotar a un chico.

Fuera, el viento sopla con fuerza, anuncia tormenta.

Luego, escucha el sonido de unas botas, *tap, tap, tap.*

La puerta se abre de golpe.

Hay un hombre cubierto por la piel de un tigre blanco.

El director del orfanato se levanta.

Barba Azul, piensa.

Más oro para él.

Sin embargo, cuando el hombre se acerca, el dueño del orfanato ve que no tiene barba. Es imberbe y delgado, lleva el pelo a la altura de los hombros y un sombrero le ensombrece el rostro. Lleva un baúl grande que suelta frente a los pies del dueño del orfanato como una piedra y lo abre con un golpe.

Los ojos del dueño del orfanato brillan, reflejan el tesoro repleto de diamantes y de joyas.

—Vengo a por un chico —dice el desconocido.

El dueño del orfanato lo mira boquiabierto y tarta-mudea al responderle:

—Qué… ¿Qué chico?

El desconocido deja que la luz le ilumine la cara.

Pietro sonríe.

—*Todos*.

CENICIENTA

HACE SEIS MESES, MAGDALENA PLANEABA
casarse con un apuesto príncipe, pero entonces se convirtió en un ratón.

Estas cosas pasan cuando eres la chica más encantadora de Málaga y un apuesto príncipe llamado Dante, de piel morena y pelo peinado por el viento, se cruza en tu camino durante su ruta por la costa mientras tú vendes melones verdes en el mercado. En ese momento, él estaba comprometido con la princesa Inez, pero era un matrimonio de concertado y, en cuanto Dante vio a Magdalena y sus melones, a Inez se la llevó el viento. Por desgracia para Magdalena, Inez también era una bruja y la castigó por robarle a su príncipe convirtiéndola en el ratoncillo blanco que es ahora.

Tras la maldición, se apresuró en ir a Madrid, al castillo de Dante, para explicarle al príncipe que no había muerto en un incendio, como le había contado Inez, y que todavía podía casarse con él y ser su princesa, siempre que encontraran a un mago que arreglara la situación. Sin embargo, los ratones no pueden hablar y los sirvientes de Dante eran muy molestos con el tema de exterminarlos, y Magdalena tuvo suerte de poder llegar viva al castillo. Por lo tanto, corre a toda velocidad de una casa a otra en los pueblos de alrededor, en busca de un lugar seguro mientras se le ocurre un plan mejor, y así es como encuentra la casa de Cenicienta, la única chica en España que disfruta de la compañía de los roedores.

Es tan desgraciada como su nombre, esta Cenicienta, demasiado sumisa como para decir su verdadero nombre, siempre tiene la cara sucia, es vergonzosa y se comporta como una mártir, cosa de la que se aprovechan tanto su madrastra como sus hermanastras, aunque todas merezcan que les den una buena torta en la cara. En este preciso momento, por ejemplo, Cenicienta está lavando la ropa interior de su hermanastra a la luz del amanecer a pesar de que aún no ha comido ni se ha aseado.

—¿Y para qué? —dice Magdalena mientras mueve las patitas—. ¿Para que puedan luego ridiculizarte por oler a ropa húmeda? ¿Para que puedan llamarte Cenicienta una y otra vez hasta que se convierta en tu nombre? Son como dos caniches, tus hermanastras, con ese pelo feo y esos vientres rellenos, además de que se rocían con tanto perfume barato que puedo olerlas incluso estando a tres habitaciones de distancia.

—Ay, Magdalena —suspira Cenicienta, ya que la chica entiende el lenguaje de los ratones—. Es la única forma de que haya tranquilidad en la casa. Mi madrastra me detesta, y mi padre la quiere más a ella que a mí. Sinceramente, no me importa. Las tareas domésticas me mantienen ocupada y, así, la casa no se ensucia. No hay mucho más que hacer.

—¿Que no hay mucho más que hacer? —exclama el ratón—. Tu padre es rico. Róbale algo de oro y vete a animar en los San Fermines de Pamplona o a comprar en el Portal de l'Àngel o a tomar el sol en las playas de Ibiza…

—Y, además —la interrumpe Cenicienta con severidad—, mi madre solía decir: Sé virtuosa y amable y las cosas buenas llegarán.

—Y ¿cómo de bien le fue a ella? Murió joven y luego su esposo se casó con una víbora —replica Magdalena.

Esta Cenicienta no sabe responder, pero el ratón se da cuenta de que frota la ropa interior de su hermanastra contra la tabla de lavar con algo más de fuerza.

Magdalena no respeta mucho a la chica, porque es más guapa de lo que ella nunca ha llegado a serlo, tiene la cara con forma de corazón y los ojos grandes y marrones, pero Magdalena tenía desparpajo, sensatez y sentido de la moda y nunca se habría permitido acabar en una situación en la que la trataran como a una

criada en su propia casa y esclavizada por unas hermanas con las que no comparte sangre. Aun así, puede
que Magdalena fuera más lista que el hambre, porque
así es como una pobre chica de Málaga seduce a un
príncipe mientras que el resto de las chicas pobres se
casan con chicos a los que le faltan dientes o tienen
verrugas en los dedos de los pies. Sin embargo, las chicas pobres no deberían seducir a príncipes, porque eso
es lo que sucede en los cuentos de hadas, y en los cuentos de hadas siempre hay una bruja. Ahora es Inez
quien va a casarse con el príncipe Dante, y Magdalena
no le ha confesado a Cenicienta que ese ratoncillo que
tiene por mascota es, en realidad, el amor verdadero
de Dante. Además, no puede contárselo por otro motivo y es que, de repente, Cenicienta está convencida
de que *ella* tiene posibilidades de casarse con Dante en
lugar de Inez.

Los problemas empezaron con la llegada de las in-
vitaciones, que olían a la intensa colonia del príncipe,
con las que se requería, sin excepción, la presencia de
todas las mujeres solteras de entre dieciséis y veinte
años en el castillo dos noches antes de la boda.

—Está claro que no quiere casarse con Inez —se-
ñaló Cenicienta—. ¿Qué clase de príncipe invita a un
baile a todas las chicas solteras antes de su propia boda?

La clase de príncipe que sigue buscándome, pensó
Magdalena para ella mientras olisqueaba la invitación

y absorbía el aroma. *No ha debido creerse la historia de Inez sobre que morí en un incendio, lo que significa que aún tengo posibilidades de conseguir un baile con él y de demostrarle que sigo viva. Entonces hará que Inez deshaga la maldición y ¡me convertirá en su esposa!*

Sin embargo, hay un par problemas.

Primero, Magdalena es un ratón.

Segundo, todas las chicas solteras de Madrid a Galicia piensan lo mismo que Cenicienta, que el príncipe más guapo de España, que está a punto de casarse, lo que pretende es cambiar de esposa.

—Un baile —repite Cenicienta ensimismada.

—Sí, un baile —responde Magdalena mosqueada.

¿Qué puede hacer? Han pasado tres días desde que llegó la invitación, solo queda una semana para el baile de Dante y Magdalena ahoga los nervios en mantequilla. Apenas puede pensar, con esas dos hermanastras (Bruja y Bruta, como las llama ella) riéndose como hienas y parloteando sobre los vestidos y las plumas que van a

ponerse y cómo el príncipe Dante caerá rendido de amor a sus pies, cosa que Magdalena puede asegurarles que no pasará, ni siquiera aunque el príncipe fuera ciego y sordo, y su irritación no hace más que empeorar cuando la madrastra, vestida con pieles negras y el pelo blanco recogido en un moño alto, alimenta las fantasías de sus hijas a pesar de que la decepción que siente por ellas se le refleja perfectamente en la cara. Puede que por eso la madrastra sea tan cruel con Cenicienta, porque sabe que es la única chica de esa casa a la que un hombre querría y porque es hija de otra madre. Sin embargo, esos pensamientos no son más que distracciones para la misión de Magdalena. Necesita llegar al baile y conseguir que Dante sepa que está allí, lo que significa que necesita a una marioneta inconsciente que le transmita sus palabras al príncipe, y solo hay una persona en España que...

Los ojos del ratón se iluminan, tiene la boca manchada de mantequilla, y mira directamente a la chica cubierta de hollín.

—¿Qué? —pregunta Cenicienta, que está encorvada debajo de la chimenea mientras cose lentejuelas en el vestido de su hermanastra—. ¿Qué pasa?

Magdalena se incorpora sobre sus patitas traseras.

—Deberíamos ir al baile —propone.

—¿*Deberíamos*? —repite Cenicienta mirándola—. ¿Por qué querrías ir a un baile *tú*?

—Para ayudarte a conquistar al príncipe, por supuesto —responde Magdalena tragándose el sentimiento de culpa.

A falta de una semana, todavía queda mucho que hacer para preparar a Cenicienta, que necesita ir lo suficientemente guapa como para llamar la atención de Dante, pero no tanto como para que este se enamore y se olvide de Magdalena. Se trata de un equilibro bastante delicado.

—¡Ay! ¡Ay! —reacciona Cenicienta cuando el ratón le depila las cejas—. ¡Esto es ridículo! El príncipe no va a casarse con la chica que tenga mejores cejas. ¡Se casará con la chica con la que pueda hablar! ¡Una chica que tenga un buen interior!

—Tienes un concepto bastante equivocado de los hombres —replica Magdalena—. Ahora el bigote.

Es una tragedia cómo una chica tan hermosa como ella se ha descuidado tanto durante tanto tiempo, pero el ratón le limpia la cara con una buena mascarilla de arcilla, le depila los vellos sueltos y la alimenta cinco días a base de sandía y batata para que brille como una estrella en la noche, hasta que, por fin, se convierte en algo digno de contemplar, y pueden pensar en lo que va a ponerse.

—¿Qué te parece un kimono de lamé dorado o un vestido con mariposas vivas escondidas en el pecho? —propone Magdalena mientras dibuja los diseños en la ceniza con su pata—. El baile es mañana por la noche. Necesitamos algo exótico o extravagante o…

—¿Algo así?

La voz de Cenicienta llega desde la esquina.

Sostiene un vestido tan plateado como la túnica de un ángel, de seda satinada brillante y con un lazo en la espalda. Es tan sencillo y hermoso que Magdalena es incapaz de respirar.

—Sin duda *no* buscamos eso —dice el ratón.

—¿Por qué no? —cuestiona Cenicienta sorprendida.

Porque como Dante te vea con ese vestido puesto, pasaré a estar con la bruja de Inez en el montón de descartes, piensa Magdalena.

—Porque el plateado es el color que visten las mujeres vulgares —contesta en voz alta y siente que está siendo una bruja—. ¿De dónde lo has sacado?

—Era de mi madre —responde Cenicienta.

—Ups —dice el ratón.

Cenicienta va a llevar ese vestido.

Sin embargo, mientras Magdalena está preocupada por cuánto debería brillar Cenicienta, se ha olvidado de aquellas que la mantienen en la sombra. El día del baile, la madrastra de Cenicienta le echa un vistazo a la chica, que tiene la tez sonrosada, una sonrisa esperanzadora y el magnífico vestido recién planchado, y la pone a limpiar estiércol en el establo y le dice que solo una vez termine podrá bañarse y vestirse para unirse a ellas en el carruaje.

—No lo hagas —le advierte Magdalena—. Es una trampa.

—Tonterías —suspira Cenicienta.

Trabaja rápidamente y se mancha la cara y la ropa de estiércol y para cuando termina, es casi de noche, así que corre desde el establo para asearse y cambiarse y descubre que sus hermanas y su madrastra ya están en el carruaje y que el lacayo está a punto de cerrarles la puerta. Su hermana Bruja lleva un horror de lentejuelas y su hermana Bruta lleva el vestido plateado de Cenicienta.

Cenicienta abre la boca sorprendida.

—De todas formas, a ella le queda mejor —dice la madrastra.

—Pero… pero… —lloriquea Cenicienta.

El carruaje arranca y deja un rastro de polvo.

Cuando se disipa, un pequeño ratón blanco la espera en la gran y vacía carretera y niega con la cabeza en silencio.

La chica necesita un milagro, pero Magdalena no es más que un ratón.

—Oh, Santa Teresa —dice mientras reza sobre sus patas—, por favor, llévanos a Cenicienta y a mí al baile.

—Los santos no escuchan a los pecadores —le dice Cenicienta.

—¿Desde cuándo soy una pecadora? —le pregunta el ratón.

—Desde que robas comida de la cocina, te bebes el vino de las mejores botellas de mi padre, sueltas comentarios horribles en nuestras conversaciones y usas, a propósito, el tocador de mi madrastra como baño cada mañana —le contesta Cenicienta.

—El pecado más grande es que tu madrastra tenga un tocador y salga con esas pintas todas las mañanas —replica Magdalena.

—Se ve que no tengo que ir al baile —se resigna Cenicienta—. Mi lugar está en casa y, además, mi madrastra tiene razón: el vestido le queda mejor a mi hermana.

—Te alegrarás cuando todas beban arsénico y lo sabes —espeta Magdalena—. Basta ya de farsas piadosas y de sufrir sin motivo. Asúmelo. *Quieres* casarte con un príncipe, restregárselo en la cara a tus hermanas y, de una vez por todas, irte de esta casa en la que te tratan más como a una huérfana que como a su heredera natural. En cuanto a que ese vestido le queda mejor a tu hermana te digo que he visto huevos envueltos en beicon con más gracia que ella. Así que, por favor, ¡deja de hacerte la víctima y di la verdad sobre cómo te sientes por una vez en tu vida!

La cara de Cenicienta se ensombrece y dirige la mirada hacia el ratón.

—De todas formas ya es demasiado tarde como para ir al baile…

—¡No es demasiado tarde! —le rebate el ratón—. ¡Tenemos que ir al baile! *Yo* tengo que ir al baile y seguro que estarás pensando «¿Por qué tendría que ir un *ratón* a un baile?». Bueno, tengo mis motivos, al igual que tú tienes los tuyos. ¿Qué estás haciendo?

—Pedir un deseo a las estrellas —responde Cenicienta, que está mirando por la ventana—. Mi madre siempre decía que si eras buena y altruista, un hada madrina acudiría en tu ayuda cuando más lo necesitaras.

El ratón y la chica esperan.

La ayuda no llega.

Entonces, escuchan el sonido de unas ruedas sobre piedra y un carruaje pasa dando tumbos.

—¡Hada madrina! —grita Cenicienta mientras trata de alcanzarlo.

Por un momento, Magdalena también cree que se trata de ella y sale corriendo tras Cenicienta. El ratón se sube de un salto a una de las ruedas, luego al chasis y salta sobre la cara del conductor, lo que hace que gire bruscamente para parar y que Cenicienta tenga tiempo suficiente para abrir la puerta del carruaje y colarse. Cuando esto sucede, el ratón abandona al conductor, se deja caer por el agujero que hay situado detrás de él en la cabina del pasajero y aterriza sobre el regazo de Cenicienta.

Una anciana rechoncha que tiene un pañuelo alrededor de la cabeza y una mancha negra que le ocupa la mitad de la cara le dirige una mirada confusa a la chica.

—Por favor, Hada madrina, ¿puedes llevarme al castillo del príncipe Dante? —le ruega Cenicienta—. Hay un baile y tengo que ir…

—No soy tu hada madrina —dice la mujer con un marcado acento, más de Moscú que de Madrid—. Soy Svetlana de Varenikovskaya, también he venido para ir al baile del príncipe Dante, pero, ya que has asaltado mi transporte con ese sucio ratón que tienes sobre el regazo y tu olor a estiércol, supongo que puedes venir conmigo. ¿Cómo te llamas?

—La llaman Cenicienta —contesta Magdalena, que se olvida que es un ratón.

—Ya veo. En mi país, llamamos Zolushka a esas chicas —responde Svetlana—. Chicas hechas de ceniza.

—Espera… ¿Me *entiendes*? —le pregunta el ratón.

—Pues claro. Soy una bruja —explica Svetlana—. Voy al baile del príncipe Dante porque va a casarse con mi nieta. Inez está preocupada de que él quiera a otra chica y de que esté usando este baile como excusa para encontrarla y cancelar la boda. Me ha pedido que vaya esta noche y le eche el ojo a todas las doncellas que se acerquen demasiado al príncipe y, creedme, como él vaya detrás de una chica, en cuanto yo cruce la mirada con ella, la convertiré en una cucaracha o en una ciruela pasa. Haré lo que tenga que hacer por mi nieta.

La bruja tuerce el gesto de la cara con determinación y el ratón emite un sonido nervioso. La última vez que Magdalena se cruzó con una bruja terminó convertida en ratón y ¡ahora está atrapada en un carruaje con la familia de esa bruja! Sin embargo, Svetlana no percibe que, en realidad, el amor verdadero de Dante es el ratón, de manera que observa durante un largo rato a Cenicienta como si fuera la verdadera amenaza, antes de reclinarse en su asiento.

—No me preocupas, Zolushka. Por muy guapa que seas, no parece que seas obstinada ni que tengas carácter. Al príncipe no le vas a gustar.

El ratón observa a Cenicienta; esta segunda opinión de la bruja ha confirmado todo lo que pensaba de la chica. Cenicienta las ignora y se concentra en la ventana.

Mientras tanto, Magdalena piensa en el plan. Conseguir que el príncipe se fije en Cenicienta... luego, usarla para hacer que el príncipe se dé cuenta de que su querida melonera de Málaga sigue con vida...

Una parte de Magdalena desearía poder *contarle* a Cenicienta la verdad: que ella es el verdadero amor de Dante convertido en ratón; que la está usando para recuperarlo; que para una chica que insiste en hacer buenas obras, esta será la mayor de todas. Sin embargo, Cenicienta nunca había deseado algo para sí misma hasta el día en que vio la invitación al baile, y Magdalena no quiere romper los sueños de la pobre chica justo cuando se ha permitido tenerlos. Aun así, no tiene alternativa. Magdalena está en la terrible posición de ser la que ayude a que el sueño de Cenicienta de conquistar a un príncipe se haga realidad (bueno, *casi* realidad), antes de arrebatárselo.

Se acercan al palacio, un alcázar iluminado por la luna con brillantes azulejos de color blanco y verde, enredaderas que cuelgan en cascada por los entrepisos y extensos estanques reflectantes rodeados por naranjos. Una multitud de chicas con vestidos deslumbrantes salen de sus carruajes, se abanican mientras esperan a que anuncien su llegada en el interior, se saludan con miradas superficiales y se hacen amigas de aquellas a las que no consideran competencia. Desde la ventana del carruaje, Cenicienta las observa fascinada, mientras Magdalena se estremece, ya que se ha dado cuenta de que está depositando sus esperanzas de recuperar al príncipe en una chica que huele a cuadra, que viste un delantal raído y que no lleva ni una pizca de pintalabios.

—No puede ir con estas pintas, ¿o sí? —pregunta el ratón preocupado mirando a la bruja mientras señala a Cenicienta—. Eres una bruja, ¿no? ¿Podrías al menos ponerle un vestido en condiciones?

—Conque pidiéndole a una bruja que haga una buena obra, ¿eh? —se ríe Svetlana—. Haremos un trato: las dos vigilaréis que ninguna chica se acerque demasiado al príncipe de mi nieta y, a cambio, haré que Zolushka luzca tan hermosa que nadie podrá quitarle la vista de encima.

Cenicienta y el ratón intercambian una mirada.

—Trato hecho —contestan.

La bruja mueve las manos alrededor de la cabeza de Cenicienta mientras canturrea *vaha prada, vaha prada* y, luego *puff,* una nube de humo dorado surge y, cuando se disipa, Cenicienta luce un vestido brillante y nuevo de color azul hielo con un corpiño cosido con cristales, con encaje bordado en la cintura y una cascada de tul, así como unas bailarinas de cristal. Parece una reina del hielo, tiene el pelo recogido en un voluptuoso moño francés, la cara pintada con reflejos dorados y la piel le huele a melocotón y leche.

—El conjuro solo durará hasta medianoche —le advierte la bruja—. De esa manera, si piensas que puedes robarle el príncipe a mi nieta, volverás a convertirte en tu vieja tú antes de poder hacerlo.

—Ya son casi las diez —piensa el ratón—. Una vez estemos dentro, hay que ser rápidas…

—¿Tú no quieres arreglarte también para el baile, ratoncito? —le pregunta la bruja. Un movimiento de manos y *puff,* Magdalena viste un gorro blanco y un esmoquin del mismo color con botones color bronce y una pajarita roja.

—También te dura hasta medianoche, así que no te distraigas —advierte al roedor—. Ahora venid, es hora de que nos reunamos con mi nieta.

—¡La condesa Svetlana y lady Zolushka de Varenikovskaya! —las presenta el lacayo del monóculo. La bruja y Cenicienta bajan las escaleras y entran en el salón de baile, que está iluminado con candelabros. Hay un centenar de chicas hermosas en vestidos de colores, amarillo león, verde serpiente, rojo flamenco, que esperan su turno para bailar con Dante, el único hombre de la sala. Magdalena asoma la cabecita desde el moño de Cenicienta; todavía no puede ver al príncipe, la multitud de chicas que espera llamar su atención le ocultan su figura, pero divisa a Inez mientras la bruja las dirige hacia ella. La chica está tan malhumorada y amargada como Magdalena recordaba, está en los huesos, tiene los labios finos y las cejas superdepiladas.

—Ahora entiendo lo que decías de las cejas —le susurra Cenicienta al ratón.

Inez saluda a su abuela con un lamento y un abrazo e ignora a la invitada de Svetlana.

—¡No me ha hecho caso en toda la noche, abuela! —gimotea—. Se limita a bailar con una chica cada vez, ¡es como si estuviera buscando a alguien! ¡Alguien con quien quiere casarse en lugar de conmigo!

—Bueno, entonces tenemos que encontrar a esa golfa antes y asegurarnos de que salga de aquí pegada en la suela de tu zapato —resopla Svetlana—. Somos una familia de brujas. Nada puede pararnos. Nos jugamos demasiado como para perder el tiempo lloriqueando y enfadándonos como una oca, así que ¡usa los ojos y encuentra a la chica a la que está buscando!

Justo en ese momento, Inez le presta atención a Cenicienta.

—¿Quién es *esta*? —espeta Inez.

—Zolushka —responde Svetlana—. Ha venido conmigo. Nos va a ayudar a encontrar a quien se atreva a reclamar a tu príncipe.

Inez le dirige a Cenicienta una mirada cargada de sospecha. Magdalena se tensa tanto que se le salta un botón del esmoquin, que sale volando del moño de Cenicienta y golpea a Inez en la nariz.

—Separémonos —propone Cenicienta rápidamente—. Buscaremos en el otro lado del salón de baile y te informaremos si vemos algo.

Se sumerge en la multitud de chicas.

—Buen trabajo —susurra Magdalena, que se asoma—. Creo que las hemos despistado.

—Y nos hemos encontrado con algo peor —contesta Cenicienta.

Porque justo delante de ellas están Bruta, Bruja y su temible madrastra tratando de abrirse paso entre la multitud. Es la primera vez que Magdalena ha escuchado a Cenicienta hablar mal de ellas, pero el hecho de que Bruta se haya apropiado del vestido de su madre parece que ha rasgado la fachada de niña buena. Las hermanas miran mal a Cenicienta y luego vuelven a intentar captar la atención del príncipe Dante.

—Ni siquiera me han reconocido —se congratula Cenicienta.

Magdalena es un manojo de nervios. Hay dos brujas detrás de ellas, además de esas tres. Están rodeadas de mujeres malvadas.

—¿Señorita?

Es el lacayo del monóculo, que le hace una reverencia.

—El príncipe Dante querría bailar con usted.

—¿*Conmigo?* —dicen Cenicienta y el ratón al mismo tiempo.

—Con usted —corrobora una voz detrás del lacayo.

El príncipe Dante sonríe, y cientos de chicas se quedan de piedra a su alrededor, como si fueran estatuas en un jardín, mirando a Cenicienta. Magdalena quiere saltar del pelo de Cenicienta directa a la cara dorada de Dante, que tiene las cejas gruesas, la barbilla marcada, los dientes blancos y brillantes, y comérselo a besos, tal y como solía hacer, pero ahora él está sujetando la mano de Cenicienta como si se hubiera olvidado de la existencia de Magdalena y se mueve en círculos con la chica de los zapatos de cristal al ritmo del vals.

—Su nombre es Zolushka —dice el príncipe Dante—. ¿De dónde viene?

Cenicienta está demasiado ensimismada como para hablar. Magdalena quiere golpear al príncipe en la nariz, pero entonces el ratón siente el sudor del cuero cabelludo de Cenicienta, oye el tintineo de sus zapatos, incapaces de seguir el ritmo del baile. No encaja con Dante, que puede hacer temblar hasta a la chica más segura de sí misma. Magdalena aprovecha la ocasión.

—El puesto de melones de Málaga —susurra el ratón—. Dile que vienes del puesto de melones de Málaga.

—¿Qué? —susurra Cenicienta.

—¡Dilo! —le ordena el ratón.

La chica, que está demasiado embobada con la belleza del príncipe Dante como para que se le ocurra otra cosa, dice:

—Del puesto de melones de Málaga.

—¿Perdón? —dice el príncipe Dante.

—Dile que te gustan las ostras con mantequilla de chorizo —insiste Magdalena.

Cenicienta se resiste, así que el ratón le tira del pelo.

—¡Me gusta comerme las ostras con mantequilla de chorizo! —exclama Cenicienta.

El príncipe aminora el ritmo de las vueltas y entrecierra los ojos.

—Emm… ¿os conozco? —pregunta.

—Dile que te gusta besarte debajo del Caminito del Rey —susurra Magdalena.

Cenicienta mira a los ojos al príncipe Dante.

—Me gusta besarme debajo del Caminito del Rey.

Dante deja de bailar. El salón de baile se queda en silencio, igual que la calma de las mareas.

—¿Magdalena? ¿Eres tú?

Cenicienta se tensa y dice con un suspiro cargado de sorpresa:

—Magdalena…

—Entonces, eres tú —dice Dante con voz ronca—. Hubo algunos rumores. Inez es una bruja… y supe… supe que había hecho algo…

Sujeta a Cenicienta por la cintura. Dante sonríe de oreja a oreja, como si hubiera vuelto a la vida, al buscarla, al buscar a la Magdalena interior, mientras se humedece los labios, se inclina y cierra los ojos para besar a su verdadero amor, dos chicas en el cuerpo de una, con cariño y dulzura, hasta que siente una boca peluda y se echa hacia atrás para descubrir que no ha besado a la chica, sino a un ratón que está sentado en su nariz. El ratón salta hacia la cara de Dante y continúa dándole besos. El príncipe se lo sacude de encima y profiere un montón de improperios.

Un destello de luz roja los atraviesa.

—¡UN RATÓN! —exclama una voz.

Inez, que tiene los ojos abiertos de par en par y la cara colorada, señala con el huesudo dedo la cara de Dante.

—¡UN RATÓN! —vuelve a chillar, furiosa con el príncipe y con el ratón, mientras les lanza conjuros y la abuela Svetlana canturrea hechizos que mágicamente agujerean las baldosas alrededor del príncipe con el objetivo de hundirlo en el olvido.

Todos a su alrededor exclaman «¡UN RATÓN! ¡UN RATÓN! ¡UN RATÓN!», lo peor que se puede gritar en un baile, y corren en estampida para salir como si ellos mismos fueran los ratones. Las doncellas se vuelven locas, chocan con el príncipe Dante sin miramientos y tiran al suelo tanto a él como al animalillo que tiene en la nariz. Magdalena bordea los cráteres y esquiva los destellos rojos de los conjuros dirigidos a su cabecita, hasta que unas manos suaves la alzan y la meten un bolsillo, se revuelca en la oscuridad antes de poder sentir la brisa del viento y levantar la mirada para ver a Cenicienta llevándosela por los jardines reales hacia las carreteras de detrás del palacio.

—Cenicienta… —empieza Magdalena.

—Quédate ahí —responde Cenicienta con un tono de voz frío y enfadado mientras la vuelve a meter en el bolsillo.

—Lo siento —se disculpa Magdalena.

—¿Has sido el amor verdadero del príncipe Dante durante todo este tiempo? ¿Encerrada en el cuerpo de un ratón? —cuestiona Cenicienta—. ¿Cómo has podido ocultármelo?

—¡No pensé que fueras a creerme! —confiesa Magdalena—. Y estabas tan contenta de poder ir al baile que…

—Habría sido más feliz sabiendo que podía haberte ayudado —responde Cenicienta—. Si él es tu príncipe, le perteneces. Nunca me interpondría en el camino del amor. Te habría ayudado en lugar de que me hubieran tomado por estúpida.

Magdalena se sonroja.

—¿Siempre tienes que ser tan buena?

Cenicienta mira al ratón antes de responderle.

—Eras mi única amiga, Magdalena, y me has mentido. Ahora mismo no tengo buenos sentimientos hacia ti.

Por una vez, Magdalena no tiene nada que decir.

Cenicienta divisa el carruaje de su padre en una cuesta empinada y se apresura hacia él. El conductor no está y los caballos están tranquilos. Rápidamente, Cenicienta se sube de un salto a un caballo.

—Anda, pero si es la mascota del príncipe Dante —dice una voz arrastrando las palabras.

Cenicienta se gira y ve a Bruja y Bruta acercándose, su madrastra va entre ellas.

—Y ahora está intentando robarnos el carruaje —añade Bruta.

—¿Sabe el príncipe Dante que eres una ladrona? —inquiere Bruja.

—Seguro que también ha robado esa ropa —insiste Bruta.

—Venga, venga, no seáis tan malas con una desconocida —dice la madrastra—. No puede evitar fingir ser lo que no es. Lo veo en sus ojos. Cree que se merece al príncipe cuando no es más que una impostora que simula ser una princesa y, aun así, cuanto más la miro, más me recuerda a alguien… Ya sé, a nuestra criada, Cenicienta, que pensaba que podía conquistar el corazón del príncipe también… Sería algo bastante curioso que hubiera conseguido venir *aquí* y estuviera jugando sucio, pero eso es imposible, ¿verdad? Porque ya nos encargamos de ponerla en su lugar.

La madrastra dirige su mirada a la chica que está delante de ella.

—Igual que haremos contigo.

De detrás de la madrastra sale el conductor del carruaje, que se dirige a Cenicienta con tres guardias armados con espadas y deseosos de castigar a la ladrona.

Cenicienta mira a Magdalena, que sigue en el bolsillo, y con una sola mirada intercambian un plan. El ratón sale su escondite y se desliza hasta la axila de la chica y aterriza en el terreno que hay entre el caballo y el carruaje.

—¿No tienes anda que decir en tu defensa? —le pregunta la madrastra.

Lentamente la chica levanta la mirada y la mira fijamente.

—Mi nombre no es Cenicienta —dice—. Es *Lourdes*.

Detrás de ella, un ratón suelta un tornillo, que desengancha el carruaje del caballo. El chasis cae hacia atrás y golpea a Bruja, Bruta y a su madre, que terminan rodando colina abajo.

El ratón sale justo a tiempo y aterriza en las manos de Lourdes antes de que la chica salga corriendo colina arriba mientras el conductor y los guardias la persiguen. Lourdes sujeta a Magdalena mientras tropieza con los zapatos de cristal por el empedrado y pierde ambos al llegar a la cima de la colina, donde se para de golpe.

Se queda inmóvil.

Inez y Svetlana la están esperando.

Como si fueran dos campesinos furiosos, una joven y otra vieja.

Una chica y dos brujas.

Este parece ser su destino.

Ser superada en número por la maldad.

La bondad no le hace ganar.

Por primera vez, pierde la fe… al mismo tiempo que la muerte le invade el corazón.

Los hechizos rojos chisporrotean como los cuernos de un diablo.

Una bola blanca de pelo salta de la mano de Lourdes.

El hechizo impacta sobre el ratón en lugar de sobre la chica.

En alguna parte un reloj indica que es medianoche.

La magia termina.

Vuelven las antiguas apariencias, tal y como la bruja les advirtió.

Magdalena cae, ya no es un ratón.

La bestia se ha convertido en una belleza que descansa entre los brazos de una chica cubierta de cenizas.

—¿Magdalena? —susurra Lourdes.

—Lourdes… —dice Magdalena con un hilo de voz.

Lourdes la sujeta, la tranquiliza y cuida hasta la última chispa de vida que Magdalena tiene en su interior tratando de avivarla y hacer que sea más brillante y fuerte que el beso de cualquier príncipe.

Sin embargo, las brujas no han terminado. Levantan las manos para lanzar un golpe fatal a la chica con la cara manchada de hollín y a la amiga a la que protege.

El golpe nunca llega, los guardias les sujetan las manos siguiendo las órdenes del príncipe.

Lentamente, Lourdes mira a Dante, que está montado en su caballo blanco con una pose heroica e imponente, mientras sujeta de manera firme a Magdalena, como si no estuviera preparada para dejarla marchar.

El príncipe sonríe y levanta los dos zapatos de cristal, como si fueran dos alianzas, como si tuviera amor suficiente para ambas.

Dante lleva a las dos chicas a su castillo.

Es el sueño de todo príncipe.

Dos entre las que elegir.

Dos felices para siempre.

Sin embargo, cada mañana, es a Magdalena a quien busca Lourdes y a Lourdes a quien busca Magdalena.

Con el tiempo, Dante se aburre y se enamora de una tercera, pero para ese entonces los pájaros ya han abandonado el nido.

Ahora Lourdes y Magdalena viven por su cuenta, sin las ataduras de los finales felices. Viven como rebeldes fugadas en busca de aventuras, en pos de un nuevo sitio al que llamar hogar. Sin embargo, la juventud hace que sigan moviéndose a nuevas ciudades, a nuevas costas, ganando experiencia, como si estuvieran intentando secar el mar. Los años pasan y las aventuras disminuyen; echan raíces. Magdalena se casa y se divorcia. Lourdes no se casa pero encuentra a un hombre lo suficientemente bueno con el que tiene tres hijos. Sus vidas cambian. Han madurado, pero a pesar de todo lo que han vivido, nada destruye su amistad, ni la enfermedad ni un corazón roto, ni la distancia ni los años, ni siquiera el fantasma de la muerte, y en sus últimos días, que pasan sentadas junto al fuego, encorvadas y pálidas como dos frágiles ratones, solo sienten amor la una por la otra, como si no existiera nada más en el mundo, como si esto no fuera el final, sino como si esto fuera lo que estaba destinado a pasar.

LA SIRENITA

—¿SABES CÓMO SE LLAMA? —PREGUNTA la bruja del mar.

—No —responde la joven sirena.

—¿Sabe quién eres?

—No.

—¿Has hablado alguna vez con él?

—No.

—Y aun así quieres cambiar tus aletas por unas piernas, abandonar a tus amigos y a tu familia y pagar cualquier precio solo para subir al mundo exterior y acosar a este príncipe al que no conoces e intentar que se enamore de ti, a pesar de que podría ser un psicópata, un mujeriego o un príncipe que prefiera la compañía de un hombre.

—La primera vez que lo vi, supe que era el hombre con el que estoy destinada a casarme —insiste la chica.

—Ese sonrojo en tus mejillas, ese temblor en tu voz… estás confundiendo pasión con amor. A tu edad, yo solía confundirme también. Tu padre, Drogon, solía besarme en los bosques de algas cuando éramos jóvenes, y ahora manda a sus guardias a intentar matarme dos veces al mes. Lo que parece amor a veces es el deseo enmascarado. Y el deseo pasa. Pregúntale a tu padre. Una vez, Drogon me juró amor, me prometió que sería su reina y ahora estoy desterrada de su reino.

—¡Mi amor por este príncipe no se desvanecerá nunca! —afirma la sirena—. Moriría por él.

—No seas dramática. Eres una chica guapa y lo bueno de la belleza es que hace que la gente muera por *ti*. Al menos dime qué cualidades tiene este chico que hacen que sea un buen partido como esposo.

—Es tan guapo como la estatua más perfecta…

—Algo que desaparecerá con el tiempo. Pronto será calvo, cascarrabias y estará más gordo que yo. La belleza no lo es todo. ¿Qué más?

—Es valiente y fuerte. Podría haber muerto durante la tormenta, pero sobrevivió cuando lo llevé hasta la orilla.

—Algo de lo que estoy segura de que se jactará de haber conseguido por sí mismo. ¿Acaso te agradeció la ayuda?

—No sabe que fui yo —explica la sirena—. Lo dejé en la playa y lo vigilé mientras dormía hasta que dos chicas lo encontraron a la mañana siguiente.

—¿Eran guapas? —le pregunta la bruja.

—¿Acaso importa?

—Sí, porque tu príncipe ni siquiera sabe que existes, así que atribuirá el mérito de todo lo que hiciste para salvarlo a dos chicas que, por la expresión de tu cara en estos momentos, no solo son tan jóvenes y bellas como tú, sino que también tienen piernas, algo de lo que tú careces.

—Por eso he acudido a ti, para que me transformes en humana —confiesa la sirena.

—¿Sabes por qué no soy humana a pesar de poder transformarme en una de ellas? Porque los de nuestra especie vivimos más tiempo. Como mínimo trescientos años, tiempo más que suficiente para sentirme realizada. Ahora mismo estoy viviendo una fase hedonista; demasiados estofados de langosta y compota de caviar, pero me reencarnaré en otras versiones de mí misma cuando me harte de desempeñar el papel bruja... una cantante... una profesora... una espía llamada Madame X... Sin embargo, cuando las haya encarnado a todas y hayan pasado los trescientos años, estaré cansada y satisfecha y tendré tiempo para descansar. Por otro lado, la esperanza de vida de los humanos es la más corta y en lugar de adentrarse en la noche con cuidado igual que las pequeñas y frágiles hojas de un árbol, insisten en que su existencia es tan breve porque sus almas viven eternamente y porque la vida no termina cuando mueren. Por eso navegan de forma tan arrogante por la noche, contaminan nuestros mares y arrojan desperdicios a una tierra que no les pertenece. Porque creen que son superiores a los seres que los crearon. ¡Qué estúpidos! ¡Qué cortos de miras! Y aun así, *tú* quieres unirte a ellos, pequeña. Me cuesta creer que sea únicamente por un príncipe propenso al desastre, sin importar lo atractivo que sea.

Hay algo más que te atrae de la vida ahí arriba, y quiero saber lo que es.

—Sus almas *son* eternas —afirma la sirena—. Tengo pruebas que lo demuestran. Es tal y como ellos dicen que es y si formo parte de su mundo, mi alma vivirá para siempre con la de mi príncipe.

—Conque pruebas, ¿eh?

—Mientras cargaba con mi príncipe por las aguas tormentosas, abrió los ojos un milisegundo, y vi en ellos una pureza y bondad que va más allá de todo lo que existe en nuestro mundo. Fue como mirar a través de las puertas de un nuevo reino, tan brillante como una perla al sol, tan infinita como un remolino que no tiene fin.

—Seguro que solo era un reflejo de la tormenta. Las olas, la lluvia, los relámpagos… Me habrían confundido incluso a mí.

—No esperaba que lo entendieras —suspira la sirena.

—¿Por qué no?

—Porque eres una bruja.

—¿Según quién?

—Según todos. Mira este sitio: una guarida de huesos en el lado más lejano de las marismas donde no hay vida, rodeada de pólipos que atrapan todo lo que intenta pasar, llena de pociones, calderos y estantes de cosas que solo una bruja tendría: ancas de rana, lenguas de serpiente, sangre de sirena…

—Entonces, ¿por qué has acudido a mí si soy una bruja?

—Porque dicen que puedes hacer realidad los deseos de la gente y quiero estar con mi príncipe.

—¿Qué diría tu padre si supiera que estás aquí? ¿Con una *bruja*?

—Otras sirenas han venido a pedirte ayuda y han muerto por ello. Veo sus esqueletos en los pegajosos arbustos que hay alrededor de tu casa. Sé que el coste que pides es elevado, pero el amor verdadero no tiene precio. Mi padre no lo entendería. Él cree que el matrimonio va sobre encontrar a alguien a quien tus padres den el visto bueno. A sus ojos, una chica debe ser callada y obediente. Sinceramente, Papá nunca pensaría que he venido aquí. No pensaría que ninguna de sus hijas vendría aquí, porque todas sabemos lo mucho que te odia. Eres su némesis.

—Bueno, eso un algo dramático...

—Dice que eres vanidosa, mezquina, codiciosa y una vieja amargada que podría usar sus poderes mágicos para hacer el bien, pero que los usas para hacer el mal en contra de él y de su pueblo, solo porque no quiso casarse contigo y dice que te convertiste en una bruja repulsiva solo para fastidiarlo porque todos saben que solía salir contigo antes de conocer a mi madre.

—¿Drogon... dijo todo eso?

—Por eso he podido venir sin ser vista. Ni siquiera tiene guardias vigilando esta parte del arrecife. Da por hecho que ninguno de nosotros se atrevería a juntarse con la bruja del mar.

—Bueno es saberlo, pero ¿y si yo pensara que *tú* eres la bruja?

—¿Yo?

—Sí.

—¿Te parezco una bruja?

—Imagina esto: una sirena vieja y soltera, de más o menos la misma edad que tu madre y a la que le gusta quedarse en su casa, situada fuera de los límites del reino, no le hace daño ni a una gamba, a menos que alguien allane su propiedad, porque el rey está intentando matarla, y ya no es capaz de diferenciar entre un amigo y un enemigo. Esto hace que la vieja sirena se recluya aún más en su casa, se alimente a base de lo que sea que entre en sus pólipos y se rodee de anguilas, serpientes y otras criaturas que disfrutan de su apariencia decrépita. La vieja sirena no pretendía tener ese aspecto, pero ya no hace ejercicio, no cuando los cazarrecompensas del rey la persiguen, además de que ha envejecido sola y la soledad significa que ya no piensa en la posibilidad de luchar por hacerse respetar en una habitación llena de gente. (Pásame las pinzas de cangrejo y el suflé de vieiras). Entonces, una oscura tarde, la hija del rey viene a ver a la vieja sirena. No pide cita. No llama a la puerta. En su lugar, se cuela en la casa de la solterona y le pide ayuda a pesar de que esa vieja es el peor enemigo de su padre. Está claro que la chica está traicionando a su familia de manera egoísta al acudir a la misma persona a la que su padre quiere matar, pero resulta que ese no es su único pecado. Por un lado, ha estado deambulando por el mundo de arriba, cosa que está prohibida por decreto de su padre, y no solo es desobediente, sino también imprudente, al rescatar a un príncipe que se hundió con su maltrecho barco y que merecía morir. Sin embargo, la cosa empeora: la chica no es solo una intrusa y una traidora, sino que ahora descubrimos que se ha enamorado de este príncipe únicamente por su mirada, puesto que no intercambiaron palabra, opinión o pensamiento alguno que pudiera dar algo de credibilidad a lo que él vale, más allá de por su cara bonita. Así que añade superficialidad a su lista de pecados. Y encima ahora le pide a la vieja solterona que haga realidad su sueño de casarse con este príncipe, todo esto mientras ocupa la casa de la solterona como si fuera un ladrón que estuviera reteniendo a un rehén sin el más mínimo indicio de lo que sea que vaya a ofrecerle a cambio a la vieja sirena: ni un precio, ni un regalo, ni siquiera una pizca de gratitud. ¿Es de extrañar que la solterona retroceda más hacia su cueva, mientras mira con los ojos entrecerrados a esta intrusa, a esta traidora, a esta depredadora, y esté tentada de matarla en el acto? Porque ¿quién podría escuchar esta historia y pensar que la bruja no podría ser otra que la mismísima sirenita?

—He estallado pompas de aire que contenían más verdad que tus palabras —replica la joven sirena—. Nadie se creería esa versión de la historia.

—¿No? ¿Qué parte es mentira? Dime en qué me he equivocado.

—En toda buena historia que he escuchado, el amor es la respuesta —dice la sirena—. Si encuentras a tu amor verdadero, luchas por él. Sin importar lo que cueste. Es así como se consiguen los finales felices, siendo atrevida y valiente y, al acudir a ti, he sido ambas cosas, mientras que otras se habrían dado por vencidas y se habrían conformado con menos. Donde tú ves pecados, yo veo bondad.

—¿Y qué es lo que me convierte a mí en la mala? —le pregunta su oponente—. ¿Qué me convierte en la bruja?

—Que estás en mi camino —responde la sirenita—. Eres lo que impide que consiga mi final feliz. Que acabes siendo un hada madrina o una bruja malvada… supongo que depende de ti.

—Sin embargo, si te lo pongo muy fácil, entonces no estarás *luchando* por tu amor, ¿no es cierto? —rebate la bruja.

—Una chica intentando conseguir a su príncipe… Es el mejor cuento de hadas de todos —comenta la sirena—, y no existen los cuentos de hadas que sean sencillos.

—Quizás tengamos eso en común —reflexiona la bruja—. Yo también luché por un príncipe, pero no conseguí mi final feliz.

—Quizás no lucharas lo suficiente —rebate la sirena—. O quizás tu corazón esté repleto de maldad, mientras que el mío lo está de bondad.

—O quizás vi amor donde quise que lo hubiera —replica la bruja—. Quizás proyecté en un hombre lo que desearía poder haberme dado a mí misma e hice de él la respuesta a todo. Eso sí que es *maldad*.

—Creo que estás proyectando en *mí* —dice la sirena.

—Y, a pesar de todo, aquí sigues. Lista para pagar un precio que tu hombre no pagará por ti. Yo lo habría dado todo por tu padre, pero Drogon no sacrificaría nada por mí, ni siquiera la más mínima parte de su reputación. ¿Por qué lo haría? No hay nada que resulte más atractivo a un hombre que una chica que le entrega su poder sin dar un ruido. Es la base de todos los cuentos de hadas. Chicas que tienen que pasar una prueba para conseguir a un hombre, pruebas dolorosas y plagadas de sufrimiento, pruebas de fuego, mientras que un hombre espera al otro lado de las llamas, bostezando y rascándose la barriga mientras espera a que alguien las atraviese. Por eso te atrae este príncipe que ni siquiera sabe que existes. Porque es una situación *similar* a la de todos los cuentos de hadas que conocemos. Abandonar tus principios, tu alma, tu *mundo* para tenerlo, mientras él luce guapo y se apropia de los méritos de tu trabajo. Parece la ruta directa hacia un Para Siempre, ¿verdad? El mito que tantas veces nos han contado a las chicas. Yo seguí ese mismo camino y mira dónde he acabado: sola en la oscuridad y en los confines de la existencia. Sin embargo, puede que tu historia sea distinta a la mía. Como has dicho, a Drogon le gusta que sus chicas sean calladas y obedientes. Yo no soy así y tú tampoco. Tú y yo somos dos rebeldes. Dos brujas de la corte de tu padre. Si tan solo hubiera sabido la verdad antes de darle a un hombre tanto poder. Si tan solo hubiera conocido a mi hombre tan bien como tú crees conocer *al tuyo*.

—Yo conozco a mi príncipe —replica la sirena—. Sé que es un buen hombre...

—Solo sabes lo que ves, y no puedes ver eso. Para conocer a un hombre, debes usar tu voz y preguntarle las cosas que yo tendría que haberle preguntado al mío: ¿serás fiel? ¿Me querrás tal y como soy? ¿Me verás como a una igual? No sabes esas respuestas. Quizás no te importen.

—El amor se siente en el corazón —afirma la sirena con seguridad.

—¿Y eso significa que no puedes cuestionarlo? —inquiere la bruja.

—Si haces demasiadas preguntas... —insiste la sirena.

—¿Qué? ¿Veremos quiénes son? ¿Un cerdo en lugar de un príncipe? ¿Un demonio en lugar de un rey del mar? Qué inoportuno.

—Y-yo-yo no soy como tú —tartamudea—. Papá y tú... Mi príncipe es diferente.

—Ah, sí, desde luego que hay una diferencia entre mi Drogon y tu príncipe —afirma la bruja—: a pesar todo lo que estás dispuesta a sacrificar por él, por este amor verdadero, por este ser único en su especie, por esta alma eterna por la que mutilarías tu cuerpo y acortarías tu vida... tú ni siquiera sabes su *nombre*.

Se hace el silencio. Un silencio tan profundo como el inmenso mar azul, que dura hasta que la bruja vuelve a intervenir:

—Tus piernas. ¿Hablamos del precio?

La sirenita contiene la voz.

En lugar de responder, se vuelve para mirar hacia la entrada de la cueva.

RUMPELSTILTSKIN

EL DIABLO NO QUIERE QUE SEPAS SU
nombre.

Ese es su poder: siempre y cuando no sepas su nombre, él no es más que una niebla, un concepto, un mar rabioso enfurecido que puede arrinconarte en cualquier punto de la tierra. Sin embargo, saber su nombre significa que alguien le *puso* ese nombre y, de repente, del Diablo deja de ser el Diablo para pasar a ser un alma unida a aquel que le nombró y ¿no es a ese al que deberíamos temer? No, no, no podemos saber su nombre, si no el Diablo tendría una historia, un inicio y un final al igual que tú y yo, y el infierno no daría ningún miedo al estar dirigido por gente ordinaria.

Sin embargo, al Diablo también le gusta jugar con su propia destrucción, al igual que aquellos a los que contrata, así que lo convierte en una forma de atormentar en sus peores momentos a los más débiles, codiciosos y culpables del mundo: les hace adivinar su nombre. Acierta y vive. Falla y arderás para siempre.

Por supuesto, todos fallan, pero ¡es de lo más entretenido! Dale a los condenados una última oportunidad. Guiño, guiño.

Hay muchos pecadores ingenuos entre los que elegir y hoy, mientras se acomoda en su río Estigia, para darse un baño agitado y burbujeante, cada una de las burbujas le muestra un alma lista para terminar su tiempo en la tierra y comenzar el sufrimiento eterno. Puede oír los gritos a coro de miles de voces fuertes y abrasadas que provienen de las mazmorras que hay situadas bajo ese río. ¿Quién se unirá a sus polluelos? El Diablo canta una canción, porque es un artista:

> *Clap clap chas, clap clap ches,*
> *Mira mis burbujas, un, dos, tres.*
> *¿Quién será, mujer u hombre?*
> *¿Quién adivinará mi nombre?*
> *¿Quién será el siguiente en arder en mi nombre?*
> *Será una niña repelente y mimada.*
> *O un padre fanfarrón.*
> *O será un rey de rapaz mirada.*

Entonces se da cuenta de que los tres forman parte de la misma escena, todos son tan culpables como los otros, y eso le causa curiosidad, así que sostiene la burbuja entre sus largas y sucias garras y se la acerca a la oreja como si fuera una caracola marina para escucharla.

—He oído que le has dicho a todo el mundo que tu hija es la chica más bella de todo el reino, así que quiero verla con mis propios ojos —le dice el rey al padre.

—¿Acaso no lo es? —dice el padre con una sonrisa mientras acerca a la chica—. Mi hermosa Mathilde.

—Sí que es bella —responde el rey, que va vestido con ropas de seda dorada y está sentado en un tono dorado—. Me casaría con ella si no fuera porque es la hija de un molinero y no es digna de un rey. Cualquier esposa que tenga debe merecer su peso en oro, como la princesa de Habsburgo-Lorraine o la viuda Von Du. No son tan hermosas como tu hija, por supuesto, pero el oro dura más que la belleza. Aunque no estaría mal poder disfrutar de la compañía de tu hija en el castillo. Puede ser una buena esposa para mi sobrino Gottesfried.

—Delo por hecho, Alteza —responde el padre—. Que se case en su corte sería el mayor de los honores.

—¿Puedo ver a Gottesfried antes? —interviene Mathilde.

El rey se acerca a la chica de cabellera dorada, ojos verdes grandes y nariz respingada.

—¿Acaso crees que el sobrino del rey no es lo suficientemente bueno para ti?

—Si soy la chica más guapa del reino, ¿no cree usted que merezco elegir? —responde Mathilde.

El rey frunce el ceño y golpea el final de su bastón sobre el mármol.

—¡Traedme a Gottesfried!

Las puertas de la corte se abren y los guardias escoltan a un chico sonriente de hombros estrechos y pecho como el de un pájaro. Se distrae con una mariposa que está volando por el techo dorado.

Mathilde se gira y se dirige al rey.

—No, no es para mí, gracias.

El rey y su padre se quedan mirándola.

—Te esperaré en el carruaje, Padre —dice Mathilde.

—*Mi* carruaje, ese que *yo* mandé para traeros —empieza a decir el rey.

Sin embargo, Mathilde ya se ha ido.

El rey vuelve a mirar al molinero...

Mientras tanto, el Diablo sonríe para sí mismo. Normalmente hay un alma noble que estropea la historia, pero este no es el caso. A estos tres no hay quien los devuelva al camino de Dios. Una chica altiva, un rey rechazado, un padre egoísta... Un banquete de malas actitudes. Ni siquiera el mismísimo Diablo sabe lo que va a ocurrir a continuación. Aunque si tuviera que adivinarlo, tiene pinta de que el molinero está a punto de perder la cabeza...

—Puede convertir paja en oro, ¿sabe? —insiste el molinero al rey—. Mi hija. Por eso es tan orgullosa.

Incluso convirtió su propio *pelo* en oro. ¿Se ha fijado en cómo le brillaba?

—Oh, esa es buena. Esa es muy buena —se carcajea el Diablo.

Los ojos del rey brillan y se abren de par en par.

—Ya veo, ¡ya veo! Sí, eso lo explica todo. Que la traigan de vuelta y pase la noche aquí. Quiero ponerla a prueba…

El molinero solo es capaz de sonreír y asentir.

Ahora es problema de Mathilde.

Así aprenderá la lección.

Así todos aprenderán la lección.

El Diablo salta de un pie a otro.

El momento que estaba esperando.

¿Quién será, mujer u hombre?

¿Quién adivinará mi nombre?

¿Quién será el siguiente en arder en mi nombre?

Conducen a Mathilde a una habitación llena de paja.

Hay una rueca situada en la esquina.

—Tu padre me ha hablado de tu don —dice el rey—. Parece que eres valiosa además de hermosa, así que ponte a trabajar de inmediato. Empieza a hilar y si por la mañana no has convertido toda esta paja en oro, no me serás de utilidad y morirás.

El rey cierra la puerta y la deja a solas.

Mathilde se sienta sobre una bala de paja, mira la rueca y una cesta de bobinas vacías. Durante un momento, piensa que se trata de una broma pesada, un castigo por no casarse con ese chico escuchimizado, pero entonces recuerda quién es su padre y lo bien que se le da mentir. Por eso ella es tan fría. Cuando tu padre es un ladrón, un delincuente y un mentiroso, debes aprender a vivir sin corazón. Por esa razón, puso su fe en la belleza, pasó los días cuidándose el pelo, la piel y la figura a la espera de que un príncipe se fijara en ella y la rescatara de las garras de su padre. Aun así, fue su padre el que más se percató y el que fardaba por el pueblo de lo guapa que era su hija con cualquier hombre que estuviera buscando esposa, ya que esperaba ganar una fortuna al venderla, como si fuera una vaca lechera o una piedra preciosa. Mathilde lo mantuvo a raya por un tiempo, rechazaba a los pretendientes catalogándolos como indignos y su padre no podía discutírselo porque era cierto. Sin embargo, cuando llegó con la invitación del rey, ella pensó que lo mismo, después de todo, sí que se le daba algo bien a su padre…

Ahora la ha dejado en una situación nefasta. Mathilde debe hilar toda esta paja para convertirla en oro o morir. Que ella no sepa hilar nada en absoluto no es más que otra vuelta de tuerca de este retorcido castigo.

Su padre siempre le dijo que tenía que aprender a hilar, coser y cocinar para labrarse un futuro, pero ella apostó que la belleza era el camino que la liberaría de él. Sin embargo, ahora su padre la ha regalado a un rey que no la quiere por su belleza. El miedo la invade y le calienta partes que normalmente están frías, y antes de que sea consciente de ello, está llorando, algo que apenas recuerda cómo se hace, lo cual la asusta aún más. Tendría que haberse casado con Gunther o Goatherd o como quiera que se llame, pero el chico parecía todo un inútil al que se pasaría la vida entera ignorando, y ¿quién quiere un marido así cuando tiene una belleza digna de un capitán de barco o de alguien que pelee con leones? No quiere a Geberhardt, desde luego que no, pero decir que no es lo que ha hecho que acabe ahí. ¡Por qué todo en la vida tiene que depender de un trueque!

Entonces se abre la puerta y entra un hombrecillo extraño.

La piel tiene un brillo rojizo, tiene bigote y viste un sombrero negro. Camina completamente encorvado y tiene las piernas delgadas, además de un trasero con bultos, como si estuviera escondiendo una cola en el interior de sus pantalones bombachos. Mira a la chica con sus ojos oscuros y le dice:

—Hola, Mathilde. En menudo aprieto te has metido. Por suerte para ti, yo puedo hilar la paja para convertirla en oro, así que juguemos a un juego.

El hombrecillo sonríe y muestra unos dientecillos afilados que brillan como perlas.

—¿Q-qu-quién eres? —le pregunta Mathilde, aunque ya sabe cuál es la respuesta.

El hombrecillo agarra su sombrero con las garras rojas y se lo quita para dejar a la vista sus dos cuernos puntiagudos.

—El Diablo, por supuesto —responde.

Un escalofrío recorre a Mathilde, que pregunta:

—¿Y a qué quieres jugar?

—Quiero que trates de adivinar mi nombre —contesta el Diablo— y si lo aciertas, te ayudaré.

—Jugar con el Diablo no me parece que sea lo más inteligente —dice Mathilde, que retrocede.

—¿Acaso tienes otra opción? —pregunta el Diablo.

—Puedo rezarles a los ángeles —contesta la chica.

—Los ángeles solo escuchan a las chicas buenas, ¿tú lo eres?

—Sí.

—¿Entonces por qué estoy yo aquí y no esos ángeles?

La chica no sabe qué responder a eso.

—No vas a ir al cielo —le dice el Diablo—. Quizás porque eres incapaz de querer a nadie que no seas tú. O quizás porque te has preocupado más por tu belleza que por ser buena, y no intentes culpar a tu padre. Hay mucha gente que tiene padres mucho peores que el tuyo y han hecho algo con sus vidas en lugar de actuar de manera pretenciosa y esperar a que algún príncipe salga en su rescate. Por otro lado, tu padre es tan nocivo que no me extraña que tú también tengas algunos de sus pecados, al igual que tu madre, que aparentaba ser una buena mujer, pero para casarse con un hombre como tu padre… bueno, eso requiere tener el tipo de alma de las que caen en mis garras. He ido a verla antes de venir. Estaba en alguna parte del quinto círculo y descendiendo. Pobrecita, sigue pensando que se merece estar en el cielo. Ese tipo de gente nunca acaba bien. Si te resistes, el dolor se multiplica por dos. Lo que quiero decir es que tu alma va a venir conmigo algún día, igual que la de tu madre en su día y la de tu padre cuando llegue el momento, así que ¿por qué no intentas jugar conmigo para arañar algo más de tiempo aquí, donde puedes fingir que eres superior a los demás y que los ángeles te guardan? ¿Tenemos un trato? Fabuloso. Ahora dime, ¿cómo me llamo?

Mathilde se pone colorada, está a punto de discutirle cuando el Diablo añade:

—Interpretaré que las siguientes palabras que salgan de tu boca serán tu respuesta.

Mathilde se calla lo que fuera que estuviera a punto de decir. No quiere hace un trato con el Diablo. No quiere admitir que nada de lo que él ha dicho es cierto, pero también sabe que los ángeles no van a acudir en su ayuda. No cuando han dejado que la situación llegue a este punto.

—¿Lucifer? —adivina.

—Oh, esa es una suposición penosa —se queja el Diablo—. Lucifer no es más que uno de mis sirvientes. Un mayordomo o un aparcacoches carente de poder. Le gusta llevarse el mérito de mi trabajo, pero no es yo, y solo una cabeza hueca lo pensaría. Deberías morir por haberme dado una respuesta tan mala, aunque supongo que al menos lo has intentado, así que voy a ayudarte, pero solo a cambio de un precio justo.

—¿Qué precio? —pregunta Mathilde.

El Diablo hace aparecer un par de tijeras y le corta todo el pelo, dejándolo caer sobre la paja.

—Listo —dice el Diablo—. Ahora puedo empezar a trabajar.

Mientras Mathilde llora con la cara escondida entre las manos, el Diablo se sienta delante de la rueca y *zum, zum, zum*, a la tercera pasada, la bobina ya está llena de oro. Luego pone la segunda y *zum, zum, zum*, a la tercera pasada, la segunda también está llena. Para cuando Mathilde deja de llorar y levanta la cabeza, ya ha amanecido y toda la paja está hilada y las bobinas son de oro. El Diablo se ha ido y ahora quien está es el rey.

—Bien hecho —la felicita el rey. No hace ningún comentario sobre que se haya rapado el pelo ni sobre la humedad en sus mejillas. Está demasiado fascinado por el brillo del oro, que se le refleja en los ojos—. Ven —le dice—, disfruta de algunas comodidades antes de irte a casa.

Las doncellas se mueven alrededor de Mathilde y la guían hasta una bañera con agua caliente, dejan que elija el vestido y las joyas que desea vestir y le ofrecen un suntuoso festín compuesto por gallina de Cornualles, marisco y tarta de chocolate. Una vez termina, la hija del molinero casi sonríe. Vuelve a sentirse como una princesa y, lo que es más importante, se ha librado de las garras del Diablo.

Mientras tanto, el hombrecillo rojo, agachado en su río revuelto, la observa en su burbuja y se ríe por lo bajo.

—¡Lucifer! Qué predecible. Las chicas guapas carecen de sentido común y las siguientes suposiciones serán incluso peores, pero ¿habrá otra ronda para jugar? Esa es la cuestión.

El Diablo toma otra burbuja y comprueba qué está haciendo el rey, que sigue maravillado en la habitación repleta de oro. Entonces la mirada del rey se llena de avaricia y se le ocurre una idea... Sale corriendo de la habitación y les pide a las criadas que le vuelvan a llevar a la chica.

El Diablo se ríe.

Parece que sí que van a jugar otra ronda.

—Pensaba que iba a volver a casa —comenta Mathilde.

—Lo harás, lo harás —le asegura el rey—, pero primero quiero que hiles esta paja en oro.

—Esta habitación es el doble de grande —protesta Mathilde, que se opone.

—Por supuesto. Es la finalidad de una prueba —responde el rey—, si fallas, mueres. Venga, venga, no me mires así. ¿Qué otra cosa tiene que hacer la oca de los huevos de oro sino poner huevos? Te han concedido este don divino, querida, y no hay mayor honor que ofrecérselo al rey. Volveré por la mañana.

El rey cierra la puerta detrás de él.

Mathilde mira a su alrededor. La habitación está repleta de paja desde el suelo hasta el techo, y es más grande que la casa en la que vive con su padre. Mathilde piensa para sí: *Ni siquiera el Diablo puede hilar tanto…*

—Te equivocas, como siempre —dice el Diablo, que entra por la puerta vestido con el sombrero negro y los pantalones bombachos—. Sin embargo, si voy a ayudarte, tienes que adivinar cómo me llamo, y más vale que sea una respuesta mejor que la de ayer, porque no voy a apiadarme esta vez. —Mathilde no quiere seguir con sus juegos, pero al menos jugando tiene una oportunidad de ganar—. ¿Y bien? —dice el Diablo

mientras golpea el suelo con el pie—. ¿Cómo me llamo?

—Belcebú —responde la chica de forma altanera.

El Diablo se ríe complacido.

—¡Belcebú! ¡Ese no es más que un grano en el culo! Un mero vagabundo que se pasea por el infierno como un bufón de la corte. ¡Ni siquiera es capaz de mirarme a los ojos cuando nos cruzamos! ¿Crees que el mismísimo Diablo tendría un nombre formado por las sílabas que los bebés balbucean en sueños? Al menos Lucifer suena a maldad y tiene peso, pero ¿Belcebú? Eres una boba triste y penosa, y debería dejarte morir, pero ya que he venido hasta aquí, te ayudaré a cambio de un precio justo.

—¿Qué precio? —pregunta Mathilde.

El Diablo saca sus garras y gira la nariz de Mathilde dejándola torcida e irregular.

—Mucho mejor —dice el Diablo—. Ahora puedo empezar a trabajar.

Mientras Mathilde llora por lo que le ha hecho en la nariz, el Diablo se sienta delante de la rueca y *zum, zum, zum*, a la tercera pasada, la bobina ya está llena de oro. Luego pone la segunda y *zum, zum, zum*, a la tercera pasada, la segunda también está llena. Para cuando Mathilde deja de llorar y levanta la cabeza, ya ha amanecido y toda la paja está hilada y todas las bobinas son de oro. El Diablo se ha ido y ahora quien está es el rey.

—¡Caramba! —dice el rey, asombrado al ver tanto oro y sin prestar atención a la nariz de Mathilde.

—¿Puedo irme ya a casa? —pide Mathilde sollozando.

—Por supuesto —responde el rey—, pero ¿no quieres conocer a mi hijo, el príncipe? Estaría encantado de conocer a una chica tan talentosa. Es alto, fuerte y temeroso de Dios, el soltero más codiciado del reino, y acaba de volver de la guerra.

—Sí, por favor —responde Mathilde, que deja de llorar de inmediato.

Las doncellas entran y se la llevan para bañarla y vestirla para conocer al príncipe, pero cuando la llevan ante él, un hombre tan apuesto que hace que Mathilde casi se olvide de cómo respirar, el príncipe la mira, ve la falta de pelo, la nariz deforme y la marca del Diablo, y huye tan lejos del castillo de su padre como puede.

En su cueva, el Diablo lo espía todo con regocijo. Lo del príncipe ha sido un giro inesperado, hermoso y maravilloso, pero ni siquiera él quiere tener nada que ver con esta panda de blasfemos.

No habrá ningún final feliz para Mathilde.

Tendría que haber escapado cuando tuvo oportunidad en lugar de perder el tiempo con el príncipe.

Ahora está huyendo hacia su carruaje, tan rápido como sus pies le permiten, pero es demasiado tarde.

Los guardas le bloquean el paso.

Como no puede ser de otra manera, el Diablo sabe lo que va a ocurrir.

No hay dos sin tres.

Lucifer… Belcebú… y seguro que para la próxima ronda se le ocurre algo incluso peor. ¿Mefistófeles? ¿Leviatán?

Hay tantos caminos que llevan al Infierno.

Pobre Mathilde, ¿qué puede hacer?

Hay maldad en su alma y la maldad siempre pierde.

—Esta es la habitación más grande del castillo —le informa el rey mientras mueve los brazos por el gran salón—. Como puedes ver, han traído aquí hasta la última brizna de paja que hay en mi reino. Si eres capaz de hilar todo esto en oro antes del amanecer, ya no habrá prueba que no seas capaz de superar y me desposaré contigo.

—¿Y si no puedo? —pregunta Mathilde, que espera que la respuesta sea «Entonces no querré casarme contigo y podrás volver a casa».

Sin embargo, no lo es.

—Entonces morirás, por supuesto —responde el rey.

El monarca sale del salón canturreando y cierra la puerta detrás de él.

Un momento más tarde, la puerta se abre y el Diablo entra.

—¡Guau! Esto es mucha paja —dice—. Más te vale hacer una buena suposición sobre cómo me llamo esta vez, si quieres que me moleste en ayudarte.

—Da igual, no tiene sentido —se lamenta Mathilde—. Si la conviertes en oro, tendré que casarme con el rey, que es un simio miserable e insaciable.

—Esa es precisamente la actitud que te ha metido en problemas —señala el Diablo—. Solo las chicas buenas se casan por amor y tú no eres una de ellas. Además, con ese pelo y esa nariz, tendrías suerte de casarte con un ratero.

Mathilde palidece. En su mente, ella sigue siendo hermosa.

—El rey está demasiado ocupado contando oro como para ver en lo que te has convertido, ja, ja —dice el Diablo, que le guiña un ojo.

—¡En lo que has hecho que me convierta! —le espeta Mathilde.

—Solo he hecho que tu apariencia exterior sea acorde a la interior —replica el Diablo. La chica no sabe qué responder a eso—. Bueno, entonces, ¿cómo me llamo? —insiste—. Responde rápido o buscaré a otra chica guapa e indefensa. Hay muchas, ¿sabes?

Mathilde respira hondo. Hace un tiempo, ella era la chica más guapa de todo el reino. Entonces los hombres empezaron a ponerle trabas. Su padre. El rey. El Diablo. Siempre caía en sus trampas pensando que alguien la rescataría. Eso es lo que los cuentos le enseñaron, la belleza es sinónima de bondad, así que sé guapa y te pasarán cosas buenas. Sin embargo, esto no es más que una mentira, y ahora que es fea tiene que encontrar una manera de salvarse ella misma.

—Azazel —trata Mathilde de adivinar.

—¡Vuelves a equivocarte! —canturrea el Diablo—. Me nombráis de muchas maneras, porque pensáis que así podéis controlarme. Di mi nombre y te perteneceré yo a ti y no al contrario. Sin embargo, mi nombre es un secreto que nunca descubrirás y ahora tienes que pagar un precio si quieres que te ayude.

—¿No te basta con lo que ya me has hecho? —jadea Mathilde.

El Diablo se queda un momento pensando antes de responder:

—De acuerdo, si quieres que juguemos así, lo haremos. No te haré nada, pero si hilo esta paja y la convierto en oro, entonces tendrás que darme a tu primogénito, para que yo haga lo que quiera con él. ¿Me lo prometes?

Mathilde duda. Al igual que su padre y que su madre, ella lleva la marca del Diablo y ahora él quiere marcar a la siguiente generación. No hay ningún tipo de bondad en él a la que poder apelar. No existen la compasión, la piedad o los límites. Seguirá reclamando hasta que no le quede nada más que dolor. Debe romper el círculo. Debe encontrar su propia bondad. El tipo de bondad que hace que los ángeles acudan cuando se los necesita. El tipo de bondad que salvará a su futuro hijo de unirse a ella en el Infierno y, para hacerlo, ella debe seguir con vida.

—Te lo prometo —accede Mathilde.

El Diablo le marca la mano, a modo de recordatorio de su acuerdo. Luego hila sin parar hasta el amanecer.

Cuando el rey llega por la mañana, se encuentra el gran salón repleto de oro, tal y como él pidió y, unos días más tarde, celebra una boda extravagante y se casa con Mathilde, lo que hace que la hija del molinero se convierta en reina.

Un año más tarde, la reina trae un hijo al mundo. Es la primera vez que siente lo que es querer a alguien, pero el amor viene acompañado del miedo. Duerme todas las noches abrazada a su hijo, con miedo de que el Diablo se lo lleve, pero él no aparece, y a ella cada vez le cuesta menos dormirse y relaja el agarre, hasta que se olvida por completo del pacto.

Entonces, llegados a este punto, el Diablo aparece de madrugada, y ella se despierta sobresaltada.

—¡Vete! —le grita mientras abraza a su hijo.

—Disculpe, Alteza. ¿Qué es lo que veo en el dorso de su mano? —pregunta el Diablo—. ¿Es posible que se trate de… la marca de una *promesa*?

La reina se gira hacia la puerta para llamar a sus guardias, pero el Diablo tira de la alfombra sobre la que está ella y hace que la reina caiga al suelo, que el niño salte por los aires y aterrice en los brazos del Diablo, que cubre la boca del niño con los dedos para ahogar su llanto.

—Por favor —le ruega Mathilde—, te daré todas las riquezas del reino… lo que quieras…

—¿Qué haría yo con un tesoro? —se mofa el Diablo mientras pellizca las orejas del niño—. Voy a divertirme mucho más con este niño.

—¡Tiene que haber otra cosa que desees! —insiste Mathilde.

El Diablo se queda pensando. Con un juego ya ha conseguido hacerse con dos almas, una de regalo, y, aun así, no hay dos sin tres…

—De acuerdo —responde—. Tienes tres días para adivinar cómo me llamo. Esta vez no seré tan laxo. Solo ganarás si aciertas el nombre. Si cuando pasen los tres días lo has adivinado, recuperarás a tu hijo, pero si no, también me llevaré a tu próximo hijo.

Dicho esto, le lanza un beso a la reina y se lleva a su hijo con él.

Mathilde corre a despertar al rey. Su hijo ha desaparecido.

El Diablo se lo ha llevado y para recuperarlo deben adivinar cómo se llama.

El rey está acostumbrado a poner pruebas, no a superarlas, así que le dice que es un problema que tiene que solucionar ella, y que si no recupera a su hijo al cabo de tres días le cortará la cabeza a modo de castigo. Hay muchas otras reinas con las que puede casarse y a las que el Diablo no perseguirá por su corte.

Mathilde acude a la guardia del palacio en busca de ayuda, pero no quieren tener nada que ver con el Diablo. Tampoco las criadas ni los cocineros. Incluso acude a su padre, pero el rey ha mandado al molinero en busca de nuevas novias por si hubiera que matar a la reina y, como es lógico, su padre ha obedecido, pues el trabajo está bien pagado.

Por lo tanto, todo queda en manos de Mathilde.

No hay ningún hombre que vaya a acudir en su rescate, como en los cuentos de hadas. Si es ella la que tiene que derrotar al Diablo, tendrá que ser ella su propio príncipe.

El primer día se disfraza de campesina y visita todos los mercados de reino, se hace amiga de los comerciantes, de los patrones y de los vagabundos de los callejones para preguntarles si conocen a alguien que sepa cómo se llama el Diablo. Esta pregunta asusta a la mayoría de la gente, pero algunos tienen varias propuestas, que ella escribe puesto que guarda la esperanza de que alguno de ellos sea la respuesta que está buscando.

Por la noche, el Diablo vuelve, sujeta al niño como si fuera suyo, y ella está preparada para responderle.

—¿Es Chort? ¿Rimmon? ¿Moloch? ¿Drácula? —le pregunta.

—No, no, no —le dice—. ¡Te quedan dos días!

El Diablo se desvanece en la oscuridad.

Mathilde aprieta los dientes.

No piensa rendirse.

El segundo día, la reina vuelve a disfrazarse y viaja a las afueras del reino, donde viven las tribus, en las partes oscuras del bosque, fuera del alcance del rey. Les pregunta si conocen el nombre del Diablo, y ahí le dicen que ellos no le temen a ser sinceros, así que le dicen lo que saben, y ella lo anota todo.

Por la noche, el Diablo vuelve con su hijo, y ella está preparada para responderle.

—¿Quemos? ¿Hécate? ¿Baphomet? ¿Nihasa? ¿Mastema? —le pregunta.

—No, no, no —le dice—. ¡Te queda un día!

El Diablo se desvanece en la oscuridad.

Mathilde no puede dormir. Se monta en un caballo y se dirige a las montañas, donde nadie pueda encontrarla. Allí se sienta mientras amanece y piensa en los momentos de su vida en los que se equivocó, en las encrucijadas en las que eligió el camino equivocado, y les pregunta a los ángeles si pueden ayudarla a volver al camino correcto. El silencio lo invade todo. No recibe ninguna respuesta. Empieza a anochecer y el momento de enfrentarse por última vez al Diablo se acerca. Sin embargo, mientras regresa por el bosque, se inicia un incendio forestal, que avanza por los árboles y se acerca a donde ella está. Una prueba más de que su alma está marcada. Cabalga para alejarse del fuego, pero las llamas la persiguen como si fueran unas garras largas y retorcidas y la atrapan junto a su montura en un círculo maldito. No volverá a besar a su hijo. No podrá despedirse de él. A escasos momentos de arder, desea poder ocupar el lugar de su hijo para así poder liberar el alma del pequeño y evitarle el sufrimiento. El círculo de fuego se estrecha como un nudo…

De repente, empieza a llover.

Mathilde mira hacia el cielo mientras las llamas se apagan.

La lluvia le moja los ojos antes de recorrerle las mejillas.

Por fin, algo de piedad.

Una vez en el dormitorio, espera al Diablo, que llega justo a tiempo.

Sostiene al hijo de Mathilde, que lloriquea.

—Última oportunidad —le dice el Diablo—. ¿Cómo me llamo?

—Antes de adivinarlo —replica la reina—, ¿puedo sostenerlo en brazos y despedirme de él?

El Diablo no puede resistirse al sufrimiento.

Le da el niño a la reina, y ella se lo acerca al pecho. El llanto del niño se calma y el niño le agarra los dedos con sus manitas. Las lágrimas de Mathilde brillan en su cabeza, igual que si fueran gotas de agua. Mathilde lo besa con cariño y lo bendice con la fuerza para sobrevivir, la valentía para ser bueno y la gracia de los mejores ángeles.

A cambio, él balbucea en su oído las sílabas que solo un bebé sabe y que juntas dan lugar a un nombre.

—Ya es suficiente —interviene el Diablo.

Saca las garras y se abalanza sobre el niño.

—Rumpel...stilt...skin —dice Mathilde.

El Diablo se queda inmóvil.

La reina lo mira.

—Te llamas así, ¿no es cierto? Rumpelstiltskin.

Una cola surge de los pantalones bombachos del Diablo. Los cuernos se afilan. La rojez aumenta en sus mejillas como si quisiera acabar con ella de un plumazo.

El Diablo señala al niño:

—¡Te lo ha dicho él! ¡Te lo ha dicho él! —lo acusa.

Sin embargo, un trato es un trato.

Mathilde se queda con su hijo.

El hombrecillo rojo golpea el suelo con el pie derecho tan fuerte que lo rompe y se hunde hasta la cintura. Por más que lo intenta, no puede salir de ahí. Mira a la reina en busca de ayuda para que lo salve, pero ella no lo hace. El Diablo ya tiene nombre. Un inicio y un final. Maldice a Mathilde una y otra vez, no son más que palabras, sonidos, hasta que todo lo que sale de su boca es baba y humo. Tira del pie con ambas manos, pero es incapaz de salir del agujero que él mismo ha creado para sí, así que se golpea con la cola mientras grita y se pone cada vez más y más rojo, antes de agarrarse la otra pierna y tirar de ella hasta rasgarse en dos, justo por la mitad.

Para cuando llegan los guardias, todo lo que queda de él son los pantaloncillos bombachos rasgados, similares a los que podría haber roto un niño.

A Mathilde vuelve a crecerle el pelo, la nariz se le endereza y su hijo crece grande y fuerte. Es más guapo que cualquier otro príncipe y se ha alimentado de su amor, un amor que sorprende a Mathilde por lo fuerte que es, un amor altruista, eterno, del mismo tamaño que su alma.

En cuanto al rey, se fue de caza un día con el padre de Mathilde y algo salió mal. Los encontraron muertos debajo de un árbol.

Todo el mundo decía que había sido un accidente.

Los domingos sucesivos a aquel día, la reina iba a visitar sus tumbas.

Sin embargo, el domingo previo a la Navidad, su padre y su esposo desaparecieron del sitio en el que fueron enterrados.

Todo lo que quedó de ellos fueron los agujeros negros y grandes, como si algo hubiera salido de lo más profundo de la tierra y los hubiera absorbido.

PETER PAN

QUERIDO TÚ:

Canta una canción de amor.

Eso es lo que mi madre solía decirme cada vez que me entristecía a los pocos días de volver del País de Nunca Jamás.

Canta una canción de amor y tu ánimo mejorará.

Puede que supiera que estaba enamorada de Peter Pan incluso antes que yo.

No tenía más que doce años cuando Peter me llevó a ese mundo más allá de las nubes, más allá de la Estrella Polar, el archipiélago de islas que todo niño se conoce como la palma de la mano. Piratas, sirenas, hadas, tribus guerreras, bestias salvajes… Todos reclaman su derecho. Son los niños que creen en ellos quienes les dan vida, ya que los sueños de los jóvenes alimentan el País de Nunca Jamás, y las tonalidades de color que encuentras allí son tan brillantes y sorprendentes que no se pueden comparar con los de ningún lugar de la tierra. El País de Nunca Jamás está en constante cambio, hay islas que desaparecen, otras que surgen, todo depende de los sueños de las jóvenes almas, porque los niños tienden a tener los mismos sueños, aunque vivan en lados opuestos del mundo. La última noticia que tuve fue que las hadas habían perdido parte de su territorio a manos de insectos gigantes; que la isla pirata no hacía más que crecer, lo que a su vez empequeñecía el lago de las sirenas; y que las tribus guerreras habían sido reemplazadas por dinosaurios devoradores de hombres. Sin embargo, los cambios en el País de Nunca Jamás de los que *yo* soy responsable son incluso más peculiares: la nueva especie de ave blanca llamada *Wendy*, los nuevos dedales gigantescos que arriban a las costas, las chicas jóvenes que vagan por la isla en busca de niños perdidos a los que cuidar... Verás, la historia de mi paso por el País de Nunca Jamás se ha hecho famosa, un cuento de hadas que todos los niños aprenden cuando crecen. Así que ahora los niños sueñan conmigo y con mis maravillosas aventuras y lo hacen con tanta fuerza y comunión que la historia de Peter Pan y Wendy se ha convertido en parte del mismísimo País de Nunca Jamás.

Aunque como todo cuento de hadas, el mío también terminó. Se dice que Peter Pan nos trajo a mis hermanos, Michael y John, y a mí de vuelta a Bloomsbury, donde el viento sopla frío y el cielo está encapotado y gris, y que crecimos hasta convertirnos en los típicos adultos rancios que, con el paso de los años, pierden sus recuerdos sobre Peter y el País de Nunca Jamás.

Sin embargo, ese no es el verdadero final del cuento.

Nadie lo sabe, excepto yo y...

Bueno, déjame que empiece por el principio. El principio del fin.

Yo siempre estuve destinada a ser madre. Cualquiera podría habértelo dicho. Le daba órdenes a Michael y a John desde que nacieron, actuaba como si fueran responsabilidad mía.

—¡Lavaos los dientes! ¡Comeos el puré! ¡Quitaos los zapatos! —les gritaba, y mientras que a mi madre le parecía un trabajo tedioso, yo escuchaba a mi padre decir en la esquina mientras contaba los chelines: *Algún día será una buena esposa.*

No es de extrañar que Peter escogiera posarse en mi ventana. Vi a un chico guapo venir para convertirse en mi príncipe, y él vio una institutriz para los niños perdidos, que podía amansar a las fieras y remendar calzoncillos. ¿Para qué más sirve una chica? Esta fue la paradoja que nunca pudimos resolver: que yo quería que Peter me quisiera, mientras que él solo quería mi trabajo. ¿Resulta sorprendente que confundiera digo con Diego?

Cuanto más quería a Peter, más empeoraban las cosas (la primera señal de toda relación condenada al fracaso). Los piratas me secuestraron, los niños perdidos me lanzaron flechas, el hada de Peter, Campanilla, estaba muerta de envidia y planeó mi desaparición... Una chica solo puede aguantar hasta cierto punto antes de volver a casa. No habría ninguna relación entre Peter y Wendy. Fue la primera vez que me rompieron el corazón. La primera vez que probé el sabor amargo de convertirse en adulto. De vuelta a casa, me escabullía como un gato enfadado, ordenaba los armarios de forma obsesiva, cosía los calcetines que no necesitábamos, regañaba a mis hermanos para que recogieran sus juguetes y dejaran de mirar las nubes.

—Canta una canción de amor —me animaba mi madre con cariño, pero el amor no era más que un cuento de hadas y yo ya era demasiado mayor para esas cosas.

Sin embargo, Peter no había terminado aún conmigo. Vino en mitad de la noche para volver a secuestrarme; los niños perdidos echaban de menos a su Wendy y él les había prometido que volvería a por mí, pero yo, sorprendida, grité, y mi madre vino corriendo, ató a Peter al cabecero de la cama y lo reprendió como si fuera su hijo. Al final, mi madre y él llegaron a un acuerdo: que me iría con él al País de Nunca Jamás una semana al año al final de la primavera para encargarme de la limpieza de Peter y los chicos. Tal y como mi madre lo planteó, no le quedó mucha opción. Peter era un pequeño terrorista, y mi madre prefería tener una semana de secuestro establecida en el calendario que temer perderme cada noche. Sin embargo, yo también sospeché que vio el brillo en mis ojos y que escuchó las canciones que estuve tarareando los siguientes días a aquel, canciones de amor sobre un chico al que no podía renunciar, y mi madre se dio cuenta de que perderme una semana era el precio que tenía que pagar para verme feliz el resto del año.

Los primeros viajes de vuelta al País de Nunca Jamás fueron increíbles. Peter sabía que solo me tendría siete días cada vez, así que me llevaba en volandas, creaba en mí un alboroto innece- sario e insistía en que encontraríamos grandes aventu- ras. Hubo un año que robó la preciada perla negra de las sirenas para mí, lo que hizo que nos

encerraran en la prisión del rey del mar hasta que convencí a una familia de caballitos de mar para que nos liberaran. Otro año, Peter elaboró la receta de una bruja, ya que pensó que podía revertir el tiempo para poder pasar más días juntos, pero terminamos encogiendo hasta alcanzar el tamaño de un tritón. Otro año, Peter me dio a probar lombrices de la risa, unos pequeños gusanos fluorescentes del bosque que hacen que te rías tan fuerte que no puedes parar y despertamos a todas las bestias salvajes, que nos persiguieron por tierra y mar. Aun así, el peligro es lo de menos, cada aventura terminaba con Peter rescatándome o conmigo rescatando a Peter y con una carrera hasta la Estrella Polar y llevarme a casa antes del final del séptimo día con un montón de recuerdos que durarían hasta la siguiente primavera.

Luego, llegó el año que cumplí dieciséis y todo cambió.

Peter me trajo al País de Nunca Jamás en la fecha establecida, solo que ahora me observaba con asco.

—Has crecido —me dijo.

No había peor ofensa para Peter que crecer. De hecho, cualquier niño perdido que se despertara una mañana con un pelo en la barbilla, varias espinillas o con la voz cambiada desaparecería pronto de su vista. Peter lo llamaba «reducir la manada», la ley de la naturaleza, pero todos sabíamos que los mataba él mismo. Ahora estaba mirando mi cuerpo en desarrollo con esa misma mirada matadora, como si fuera capaz de matarme a mí también si no fuera porque tenía que estar de vuelta con mis padres en poco tiempo. Esta vez, cuando los piratas me secuestraron, como solían hacer, a Peter no le importó.

Por aquel entonces, el capitán Garfio ya había muerto, Peter Pan se lo había ofrecido como alimento a un cocodrilo. Solo tres piratas de la tripulación lograron sobrevivir a la batalla final entre Peter y Garfio: Smee, el contramaestre irlandés; el Señor Starkey, a quien secuestró un clan de una de las islas; y Scourie, el primer lugarteniente. Así que Smee reclutó a un nuevo grupo de brutos atractivos de pelo rapado y caras enfadadas que me recordaban a los niños que volvían de la guerra en Inglaterra. Los piratas de Smee me ataron al mástil, a la espera de que Peter viniera a salvarme, momento en el que aprovecharían para atacarle e iniciar una batalla. Estuve ahí dos días completos en los que Smee se rascaba la cabeza mientras miraba por el catalejo porque Peter no venía.

Ahora mismo debes de estar sintiendo pena por mí, que estuve atada a un poste en la nave de un enemigo durante tanto tiempo e imaginándote que me retorcía de dolor y miedo, sobre todo cuando Scourie me vigilaba. Scourie era el secuaz en el que más confiaba el capitán Garfio, el que más despreciaba a Peter, así que, como es lógico, me dejaron en sus manos, ya que sabían que no se andaría con juegos. Era un chico con una apariencia bastante imponente, de dieciocho años, con la piel rosada y pálida, los ojos grandes, la nariz irregular y las mejillas cubiertas con una barba incipiente. Durante el primer día, estuvo de pie ahí, apoyado contra la barandilla del barco, sin quitarme los ojos de encima durante horas, como si pudiera ver dentro de mí. No apartó la mirada, esos ojos negros y sofocantes como el carbón, ni una vez. Luego, cuando todos se fueron a dormir, miró a su alrededor para asegurarse de que la cubierta estaba despejada antes de desenvainar la espada que tenía en el cinturón y acercarse a mí, como si fuera a cortarme por la mitad.

Sin embargo, lo que hizo fue liberarme.

—Siéntate —me mandó.

Obedecí, no tanto por su orden, sino porque tenía las piernas doloridas. El barco estaba anclado cerca de la orilla, tan cerca que los árboles del manglar cenagoso ensombrecían la cubierta con sus ramas, a través de las cuales yo podía ver el cielo negro de la noche y el parpadeo de las estrellas, como si estuviera justo donde debía estar.

Scourie empujó en mi dirección una jarra de agua y una galleta con ternera sazonada.

—Debes estar cansada —gruñó—. Mete algo en el estómago antes de dormir. Yo te vigilo.

—No eres mi madre. No me digas lo que tengo que hacer —le espeté—. Bastante tengo ya con Peter.

—Peter es un chico cruel por abandonarte aquí —me dijo—, aunque no me sorprende. No piensa más que en sí mismo.

Por mucho que quería discutírselo, no pude, porque era cierto.

Me di cuenta de que no hablaba como los otros piratas, quienes se enredaban y confundían las palabras; el tono de Scourie era suave y nítido, vocalizaba. No había duda de que había ido a la escuela.

—¿Cómo acabaste en un barco pirata? —le pregunté.

—Del mismo modo en que tú terminaste siendo la sirvienta de un cretino como Peter: es mi destino en la vida —replicó Scourie, que debió notar que fruncí el ceño, porque suspiró y se sentó enfrente de mí—. ¿Quieres conocer mi historia? Vale. Nací en un infierno llamado Bloodbrook con un padre desagradable y huí en cuanto cumplí diez años. El sheriff me encontró y me envió a un orfanato en el que me vendieron a la maestra de Blackpool, una buena institución que forma a piratas para que naveguen los mares bravos. A los mejores chicos los mandaban al *Jolly Roger*, el barco del capitán James Garfio, porque Garfio era un hombre educado y refinado y quería al mejor grupo de Blackpool. Así que me até a la silla y estudié tanto como pude: geografía, matemáticas, astronomía, historia, así como artes náuticas y derecho marítimo. Y *voilà*, me enrolaron en el *Roger* a la dulce edad de doce años, ya que Garfio perdió a diez hombres en un mes, o bien porque él los mataba cuando se equivocaban, o bien porque Peter Pan los despachaba durante sus batallas semanales con Garfio. Cuando me uní era el que tenía menor rango, pero viví más que la mayoría y ascendí rápidamente hasta ser el mejor lugarteniente de Garfio. Dicen que está muerto, pero yo creo que no son más que patrañas, ya que Garfio ya ha muerto muchas otras veces y siempre encuentra la manera de volver. Su sangre no es como la tuya ni como la mía, ¿sabes? Es de un color extraño, como si fuera fruto del demonio. Sin embargo, por ahora, Garfio no está y Smee no tiene madera de capitán, así que ya no somos una tripulación de piratas bien engrasada, sino más bien una panda de viejos aburrida, que busca problemas solo para poder aburrirnos menos. Lo cierto es que me pregunto si quizás esto ya se me ha quedado pequeño, como a ti.

—Yo no creo que el País de Nunca Jamás se me quede pequeño nunca —le contesté.

—Te aseguro que sí —afirmó—. Ya ha pasado. ¿Por qué crees que Peter ya no te quiere? Porque sabe que se acerca el momento en el encontrarás el amor verdadero junto a algún lelo de tu mundo que vista bien y se ocupe de un banco, y tú te olvidarás de la existencia de este sitio.

Las palabras sobre Peter se me clavaron en el pecho. Me erguí para devolverle la mirada antes de responder:

—¿Y si mi amor verdadero está *en* el País de Nunca Jamás? Entonces solo será cuestión de tiempo que él vea que soy la que debe estar con él, y me quedaré aquí para siempre.

—¿Te refieres a Peter? ¿A Peter Pan como tu amor verdadero? —Scourie se rio por lo bajo—. Estás cometiendo un error garrafal. Mira cómo ha acabado

Campanilla al intentar ganarse su corazón. Hace tiempo era una hermosa hada, ahora no es más que un ser pequeño y amargado. Ya debería haber aprendido la lección, igual que tú. La única persona a la que Peter es capaz de querer es a Peter. ¿No tienes hambre? —me preguntó señalando la galleta. Yo no respondí—. Ten esto entonces.

Sacó algo del bolsillo. Una flor azul. El frondoso cáliz estaba cerrado, ocultando un fruto azul brillante.

—Es un Deleite de Sirenas. Solo florece un día al año en un árbol submarino y sabe tan bien que sentirás cosas en tu corazón que nunca supiste que podrías sentir. Robamos una en nuestra última incursión. Se supone que la iba a guardar para el primer pirata que consiguiera herir a Peter cuando viniera a rescatarte, pero ya que no va a pasar...

Miré la suculenta fruta y la boca se me hizo agua.

—¿Me la darías a mí? —le pregunté.

—Si me prometes que volveremos a vernos —respondió Scourie con una sonrisa.

Levanté la mirada sorprendida para verlo.

Una flecha le hirió en el bíceps.

Los gritos de alegría de los niños perdidos llegaron al barco, los dirigía el arrogante de su líder que vestía una túnica hecha de hojas. Los vítores despertaron a todos los piratas, que se apresuraron a salir a la cubierta aún en pijama.

Peter, al igual que los piratas, ya se había cansado de aburrirse.

No recuerdo mucho de lo que pasó después. Peter me sacó en volandas del *Jolly Roger*, y pasé el resto de la semana haciendo de madre de los niños perdidos, mientras Peter mostraba muy poco interés por mí, y cuando terminó el séptimo día, volví a través de la Estrella Polar a mi familia, a la escuela, a mi vida.

La primavera siguiente, Peter no vino a buscarme.

Lo más raro fue que… no me importó. Ya había visto lo que era Peter: un chico que no crecería jamás. Puede que Scourie tuviera razón. Algún día encontraría el amor verdadero en algún chico de Bloomsbury que llevara corbata y que no supiera volar. Era el momento de dejar atrás el País de Nunca Jamás.

Sin embargo, una noche de aquella primavera, un brillo extraño golpeó mi ventana. Ni Michael ni John se inmutaron, pero yo me acerqué a hurtadillas desde mi cama y presioné la cara en el cristal. La luz brillante se hizo cada vez más fuerte.

Una escalera de cuerda apareció de la nada.

Abrí la ventana y miré hacia el cielo, al *Jolly Roger* que estaba flotando arriba en una nube de polvo de hadas, la escalera colgaba desde cubierta. Scourie se asomó desde arriba, sus ojos brillaban tanto como las estrellas que había a su alrededor.

Cuando terminé de subir las escaleras, vi que estaba sujetando una fruta azul que me resultaba familiar.

—Te la olvidaste —me dijo.

—¿La has guardado para mí un año entero? —le pregunté.

—No seas tonta. El Deleite de Sirenas se pudre al igual que todas las frutas, así que volví a bajar a las profundidades del océano para conseguirte otra. Luego, tuve que robar el suficiente polvo de hadas para que el barco llegara volando hasta aquí. Das bastante trabajo.

Miré a Scourie. Por una vez, no tenía la ropa sucia, lucía una camiseta de terciopelo marrón, como si se hubiera arreglado para la ocasión. Se había afeitado, tenía los pantalones abrochados y la camiseta remetida. Incluso olía bien, a una mezcla de miel y especias.

—Toma —dijo mientras me tendía la esfera azul—, no hagas que haya hecho este viaje en balde.

Estiré el brazo para aceptarla. La piel de la fruta era tan suave que parecía que estuviera hecha de ante.

—Cierra los ojos y dale un mordisco.

Le obedecí.

No existen palabras para describir su sabor, pero deja que lo intente. Es al mismo tiempo ácido y mentolado, cálido y almendrado, así como húmedo y espeso, como si le hubieras hincado los dientes a un bosque azul. El sabor es tan bueno, tan fuera de lo común, que se te corta la respiración y se te acelera el corazón, como si todos tus sentidos no fueran suficientes y tu cuerpo y tu mente debieran expandirse hacia nuevas sensaciones. Sientes en tu interior dimensiones que no creías que existieran, como si fueras más de lo que piensas y tan infinito como las posibilidades, hasta que consigues abrir los ojos justo para recordar que hay una persona que te ha regalado este momento, un pirata bañado por la luz de la luna, y en sus ojos puedes ver hasta los confines del universo. Sin embargo, luego el sabor se disipa y desaparece, y todo lo que deja a su paso es una sensación de percepción aguda y residual de tu entorno; como el hecho de que no hay nadie más en el barco.

—Espera, ¿dónde están todos? —le pregunté.

Porque hasta donde yo podía avistar, el *Jolly Roger* estaba vacío, a excepción de su primer lugarteniente y de mí.

—Ah, están todos luchando contra las tribus guerreras —me explicó Scourie—. Les dije que me llevaría el barco mar adentro. Estarán ocupados persiguiéndose unos a otros hasta el amanecer.

Esa noche, mientras el *Roger* estaba escondido entre las nubes que cubrían Bloomsbury, Scourie y yo estuvimos sentados en una hamaca entre las estrellas y bebimos sidra de melocotón que había hecho él mismo.

—¿Acaso tu mundo es divertido? —me preguntó mientras miraba la fila de casas iluminadas que se encontraban bajo nuestros pies—. Desde aquí arriba, parece muy… cuadriculado.

—La diversión está sobrevalorada —replico—. Si abundara, no la apreciaríamos, igual que si comieras caramelos todos los días en lugar de reservarlos para ocasiones especiales. Al menos eso es lo que Nana dice, o lo que yo pienso que ella dice. Los perros pueden ser algo obtusos a veces.

—¿Quién es Nana? —me preguntó.

—Es nuestra enfermera. Ya sé que no tiene mucho sentido tener a un perro como enfermera…

—Por supuesto que sí. ¿Acaso existen mejores enfermeros que los perros?

Me sonrió como si tratara de recordarme que no había reglas en su mundo y, a pesar de todo, en lo único en lo que yo podía pensar era en las normas que yo estaba infringiendo. Estaba traicionando a Peter al estar ahí, ¡en el barco del Capitán Garfio! ¡Con un pirata del Capitán Garfio! Sabía que debía sentirme culpable. Peter fue mi primer amor y Scourie era su enemigo, pero ¿cómo puedes sentirte culpable cuando te lo estás pasando tan bien?

—Tienes razón —admití—. Mi mundo es muy cuadriculado.

Nuestras manos se rozaron y por un momento pensé que había sido un accidente, hasta que vi que él no la retiraba, sino que dejaba que nuestros dedos siguieran en contacto.

—Peter nos contó que os habíais besado —comentó Scourie. Me giré hacia él de manera brusca—. Cuando los otros piratas y yo lo atrapamos —añadió—. Se jactó de haber besado a una chica y cuando le preguntamos a cuál, Peter nos mostró tu dedal, que siempre lo lleva colgado en el cuello… Dijo que fue el mejor beso de su vida.

Scourie me miró y ambos empezamos a reírnos.

—No tiene ni idea —le contesté.

—Yo sí —replicó Scourie.

El silencio de la noche siguió a esas palabras. Era un silencio sepulcral que se mantuvo porque Scourie no dijo nada más, ni hizo ningún movimiento.

¿Cómo le pides a un chico que te bese? ¿Cómo le dices que no pasa nada si lo hace?

Para cuando reuní el valor para hacerlo, fue demasiado tarde.

El amanecer asaltó a la oscuridad. Era hora de volver a casa.

Solo que yo no estaba lista para despedirme.

—Vuelve a por mí —le pedí—. La primera noche de primavera. Mi madre pensará que eres Peter. Tendremos toda una semana para nosotros.

Esperaba que Scourie aceptara, sonriera y me abrazara contra el pecho, pero frunció el ceño y se quedó pensativo y serio.

—¿Y qué pasa con el resto de las semanas? —me preguntó.

La pregunta me resonó en el corazón; verano, otoño, invierno, hasta que los últimos resquicios de la nieve se fundieran en el suelo. Durante todo ese tiempo, un calor extraño se avivaba en mi interior, como si todos mis sentidos hubieran prendido en llamas e hicieran que los colores fueran más nítidos, que los olores y los sabores fueran más definidos y la rutinaria Bloomsbury volviera a la vida. Con Peter, sentía mariposas en el estómago, el sentimiento de malestar de estar enganchada a un amor no correspondido, pero esto era diferente. Esto era un rugido silencioso y constante, como si mi alma hubiera encontrado a su pareja y ahora estuviera buscando el modo de reunirse de nuevo con ella.

La primera noche de primavera, no conseguí dormir, ya que estaba esperando a que el brillo del polvo de hadas iluminara mi ventana. Cuando lo hizo, me acerqué a la ventana, la abrí de par en par y me encontré con Peter, que estaba mirándome.

—Se trata de Campanilla —me dijo—. Se está muriendo.

Todos los pensamientos sobre Scourie quedaron enterrados. Tuve el tiempo justo para bajar a hurtadillas por las escaleras y preparar una mochila llena de medicinas antes de que Peter me rociara con el polvo de hadas que le quedaba y me llevara volando de vuelta al País de Nunca Jamás. En las profundidades del bosque, los niños perdidos tenían las cabezas gachas y miraban a Campanilla, que estaba encogida encima del tocón de un árbol mientras jadeaba con debilidad.

—¿Qué ha pasado? —les pregunté.

—Han sido unas setas —me informó uno de los niños—. Encontró unos especímenes fantásticos en los campos de los ñus y quiso tener un detalle con Peter y regalárselos, así que probó una para asegurarse de que fueran comestibles...

—Pobre Campanilla —se lamentó Peter con la cabeza gacha.

—¡Entonces se ha envenenado! —exclamé. Acerqué mi bolsa de medicinas de inmediato—. Una vez Michael inhaló un poco de matarratas pensando que era azúcar, y aún recuerdo todo lo que mi madre hizo para curarlo. Dos pastillas de carbón y una cucharilla de aceite de castor...

Le abrí la boca a Campanilla y le puse un poco del polvo negro debajo de la lengua junto con el líquido aceitoso que saqué de un frasco...

Por la mañana, Campanilla estaba durmiendo plácidamente sobre el regazo de Peter, había expulsado el veneno, y Peter le acariciaba el pelo con los pulgares.

—Campanilla, ¿a que fui inteligente al llamar a Wendy? —le preguntó mientras me miraba—. Puede que tenga que casarme con Wendy para que no pueda volver a irse, aunque eso implicaría que yo tendría que crecer, ¿verdad? Pero así tendríamos a nuestra Wendy, que nos mantendría a salvo y nos querría para siempre.

Recibí con indiferencia esas palabras que hace un tiempo me habrían vuelto loca de alegría.

De hecho, Peter no me quitó la mirada de encima durante los siguientes días y me rondaba de forma posesiva, como nunca antes lo había hecho. Puede que notara cómo se me iban los ojos hacia la silueta del *Jolly Roger*, que estaba escondido en la neblina del mar, más allá del bosque. Finalmente, la tercera noche, una vez que los niños y él se durmieron, me escabullí, atravesé los árboles y los pantanos sigilosamente hasta llegar a la costa, luego nadé en las aguas templadas en dirección al barco del Capitán Garfio. Me agarré a uno de los cañones y me impulsé hacia arriba. Trepé por los ojos de buey hasta que conseguí llegar a la barandilla del barco, y estaba a punto de saltarla para aterrizar en la cubierta cuando me pusieron una arpillera sobre la cabeza y me metieron en ella.

Di patadas y me revolví mientras gritaba por mi vida antes de sentir cómo soltaban el saco sobre un suelo duro. Luego noté la ondulación de las olas y escuché el sonido de los remos en el agua, como si me estuvieran

metiendo mar adentro para ahogarme. Estaba tan ate-
rrorizada que sentía cómo me separaba de mi propio
cuerpo, como si estuviera practicando cómo morir.

Entonces, abrieron el saco.

Scourie me miró. Parecía más alto en un bote de
remos, rodeado por los manglares del pantano.

—Pensaba que teníamos una cita en tu ventana
—dijo con un tono de voz frío—. La primera noche
de primavera.

—Sí —respondí—, pero...

—Vi cómo te ibas con Peter —me interrumpió al
mismo tiempo que me agarraba por la muñeca—. ¿Por
eso te estabas colando en mi barco? ¿Era todo esto parte de su plan? ¿Sigues siendo su criada?

—¡No! —contesté—. No.

Los ojos de Scourie me inspeccionaron igual que lo
hizo esa primera noche que estuvo vigilándome en la
cubierta del barco.

—¿Cómo sé que no me estás mintiendo? —me in-
quirió.

—Porque Peter me mataría si se enterara de que he
estado aquí —le confesé.

Scourie me miró durante un buen rato.

Luego, me liberó de su agarre.

—Me das mucho trabajo —gruñó—. Mucho trabajo. —Salió del bote y caminó con fuertes pisadas por
el pantano. Luego, se giró en mi dirección y me sonrió

con seguridad antes de preguntarme—: ¿Y bien? ¿A qué estas esperando?

Esa noche y las noches que siguieron a esa, Scourie fue mi guía. Durante el día, me quedaba con Peter y con los niños y buscaba ratos libres para dormir un rato, para así fugarme durante la oscuridad de la noche hacia el pantano donde mi pirata me estaría esperando. Entonces, como dos sombras, nos escabullíamos para ver las partes del País de Nunca Jamás que no había visitado antes. La flota marítima fantasma... la cascada de los deseos... las montañas de los unicornios... Sin embargo, fueron las grutas de las mariposas las que perduraron en mi memoria, porque era allí donde Scourie y yo nos acurrucamos uno al lado del otro, en la oscuridad, y compartimos pan con chocolate y vimos las luminosas alas subir, bajar y bailar a nuestro alrededor. Una mariposa azul se posó en mi nariz y yo la aparté mientras esperaba a que Scourie se burlara de mí. Sin embargo, lo que vi fue una lágrima en su mirada.

—Pensaba que los piratas eran matones despiadados que se bebían la sangre de los hombres —bromeé—, y, mírate, emocionado por una mariposa.

—No —me respondió mientras negaba con la cabeza—, es solo que... llevaba mucho tiempo soñando con traer a alguien aquí, pero los villanos no merecen amor. Eso es lo que me han enseñado.

—Tú no eres un villano —repliqué.

Se giró para mirarme, el gesto de su cara se endureció cual piedra y vi el pirata que era.

—Sí que lo soy —rebatió—. Si Smee o cualquiera de los demás supiera que he estado aquí contigo, ensartarían mi cabeza en una pica.

—¿Por qué merece la pena ser pirata entonces? —insistí despreocupada—. ¿Por qué no elegir cualquier otro estilo de vida?

—Porque la vida pirata es lo más cercano a la gloria —me explicó—. Ser pirata es surgir de la nada y luchar para que tu nombre sea recordado. Eso es lo que todos queremos: que nuestro legado nos sobreviva, que nuestros nombres aparezcan en los libros de cuentos.

—¿Eso es la gloria? —me burlé—. ¿Que gente que nunca conocerás sepa tu nombre?

—Bueno, algunos, como Garfio, quieren que todas las almas del universo veneren su nombre —me dijo—. Yo solo quiero que una persona lo haga. Una persona que lleve mi nombre en su corazón.

—Eso ya lo has conseguido, Scourie de Bloodbrook —confesé.

Nos miramos a los ojos.

—¿Quién te creó? —me preguntó fascinado—. ¿Quién creó a alguien tan maravilloso y puro?

Yo me revolví con incomodidad.

—Peter dice que soy una vieja quisquillosa y molesta que no sabe cómo divertirse...

—Peter no es más que un bobo que no sabe de lo que habla.

Yo me retorcí las manos con más fuerza incluso.

—Bueno, todavía no me conoces bien.

—¿No? —preguntó riéndose—. Entonces déjame que te diga las cosas que sí conozco de ti: que las pecas de tu nariz aparecen cuando te da el sol; que te apoyas sobre el pie derecho cuando estás pensando; que te comes la fruta con dos manos en lugar de solo una; que miras a otro lado siempre que digo algo bonito sobre ti; que te tensas cuando digo algo grosero o maleducado; que me miras como nunca nadie me ha mirado antes, como si fuera humano, como si tuviera corazón. Te conozco, Wendy, y te quiero por todas esas cosas, así que cuéntame qué es lo que todavía no conozco de ti. —Me dejó sin habla. Los ojos de Scourie brillaban como fuego—. Si no vas a decir nada, ¿podrías entonces darme un dedal?

Nuestros labios se tocaron.

Fue mi primer beso.

Con un pirata en lugar de con Pan.

Cuando separamos las bocas, nos abrazamos bajo el brillo de cientos de alas.

Sin embargo, entonces apareció una extraña luz que se encendía más rápido, que era más brillante que el resto y que nos cegó antes de apagarse y desaparecer.

Le di la mano a Scourie.

Campanilla.

Nos había visto.

Scourie trató de detenerme, pero yo ya estaba corriendo. Salí de la gruta, bajé la montaña y me adentré en el bosque siguiendo el mismo camino por el que Campanilla había llegado.

Para cuando llegué, Peter ya me había sentenciado a muerte.

—¡Espera! —grité, pero diez de los niños corrieron hacia mí y me ataron a un árbol, igual que la vez en que los piratas de Garfio me ataron al mástil de su barco.

Peter blandía una daga mientras se acercaba a mí, sonreía de forma malvada y vengativa, como si fuera a disfrutar haciéndome desaparecer de este mundo tanto como lo hizo al traerme. Campanilla sobrevolaba el hombro de Peter y me miraba con maldad, a mí, que le había salvado la vida, pero la idea que tuvo Peter de casarse conmigo había hecho que la invadieran los celos y que hubiera sellado mi destino.

—Peter, escúchame. No me querías. Ni siquiera viniste a buscarme el año pasado, por eso yo...

—Besar piratas —afirmó con desdén—. Yo diría que es un delito merecedor de la pena de muerte.

—¡Sí! —corearon los niños perdidos.

—Salir a hurtadillas por la noche —añadió Peter—. Eso es un delito merecedor de la pena de muerte.

—¡Sí! —le apoyaron los niños.

—Fingir que le importamos cuando era la criada de un pirata. Es un delito merecedor de la pena de muerte.

—¡Sí!

—Y convertirse en una sucia traidora mentirosa —culminó Peter—. ¡Ese es el peor delito de todos!

—¡Sí!

—Por todo eso y más, ¡condeno a Wendy a morir! —exclamó.

—¡Sí! ¡Sí! ¡Sí!

Mientras Peter se acercaba a mí, el cuchillo brillaba por la luz de Campanilla y los niños perdidos coreaban *¡Matar a Wendy! ¡Bugalú! ¡Matar a Wendy! ¡Bugalú!* mientras saltaban de un pie a otro y movían el culo, como una bandada de pájaros salvajes. Peter se acercó más aún.

—¿Sabes dónde terminan los traidores, Wendy? En el mismo sitio al que fue Garfio. Dale recuerdos al viejo de mi parte, ¿de acuerdo?

Levantó el cuchillo y un punto rojo se le encendió en los ojos, como si tuviera un demonio dentro. Entonces me acercó la hoja al pecho.

Una bomba oscura cayó del árbol y golpeó a Peter en la cabeza. Peter se levantó tambaleándose mientras agitaba el cuchillo a ciegas, pero Scourie se le echó encima y lo abofeteó con tanta fuerza que lo mandó directo al suelo, haciendo que se le cayeran dos dientes de leche por el camino. En cuestión de un instante, la banda de Peter atacó a Scourie, pero no eran más que niños y Scourie ya era casi un hombre, así que se quitó el cinturón y lo blandió contra cualquiera que se acercara a él, los golpeó hasta que pudo llegar a mí, que seguía en el árbol, y liberarme.

Campanilla lo atacó por la espalda, le mordió el cuello como un murciélago y le sorbió la sangre mientras le clavaba las uñas en los ojos para intentar sacárselos, hasta que yo me acerqué y la agarré con la mano.

—Tú, pequeño... y amargado... ser —dije entre dientes mientras la sacudía por el culo para quitarle el polvo de hadas antes de lanzarla a los arbustos.

Mientras tanto, Peter y los niños perdidos volvían a estar en pie y nos golpeaban con lanzas, espadas y todo lo que tenían.

Sin embargo, Scourie y yo ya habíamos salido volando hacia el cielo de la noche, gracias al polvo de Campanilla.

Scourie le dirigió una mirada amenazante a Peter.

—Acércate a Wendy y la bebida para acompañar a mi cena será tu sangre —le espetó antes de guiñarme un ojo.

Luego, abandonamos el País de Nunca Jamás como si fuéramos murciélagos que salen del infierno y volvimos al mundo de los bancos, los tipos y otras cosas cuadriculadas.

Como es lógico, Peter vino para matarme, pero Scourie estaba allí todas las noches, haciendo guardia en mi ventana mientras mis hermanos y yo dormíamos, y apaleó tantas veces a Peter que este dejó de intentarlo, tal y como los perdedores resentidos suelen hacer. Aun así, Peter tenía un último plan de venganza: le contó a Smee y a sus piratas que Scourie se había estado viendo a escondidas con su chica, lo que provocó que a Scourie le dieran una buena paliza y le prometieran que como volviera a ver a Wendy lo matarían. Sin embargo, en cuanto Scourie podía escaparse, lo hacía e iluminaba mi ventana con el polvo de hadas, preparado para volar conmigo. Había semanas que venía todas las noches y meses que no aparecía; yo nunca le preguntaba por qué, sino que me limitaba a disfrutar de los momentos que compartíamos, agradecida por que hubiera cruzado la frontera entre nuestros mundos una vez más.

Pasaron los años, y yo ya era una mujer. Las visitas de Scourie eran cada vez menos frecuentes. Smee no le quitaba ojo, me dijo… Era complicado escapar… Las hadas lo tenían vigilado… Con el tiempo, me casé con un hombre llamado Harry que trabajaba en un banco, que me llamaba «cielo» y que se acostaba a las nueve y media justas y se levantaba a las seis, pero, a pesar de esto, Scourie seguía viniendo cuando podía y me llevaba a volar mientras mi marido roncaba fuertemente en nuestra cama. Yo trataba de convencerme de que tenía que dejar de hacerlo, que tendría que ponerle rejas a la ventana, atornillar las persianas, dejar a Scourie encerrado fuera… pero ¿cómo? No sentía que estuviera haciendo nada malo con Scourie, igual que no lo sentía cuando deambulábamos por el País de Nunca Jamás mientras Peter dormía. Por supuesto, deseaba que pudiéramos estar juntos para siempre, haberme casado con Scourie, pero ¿qué sentido tenía? Él era un pirata del País de Nunca Jamás, y yo no era más que una chica mundana. Para poder estar juntos habríamos tenido que vivir en un punto intermedio, y no existe un punto intermedio entre la fantasía y la realidad. Así que viví dos vidas, una durante el día y otra durante aquellas noches en las que había suerte y Scourie podía venir. Intentaba sentir algo de culpabilidad por este engaño, pero no sentía más que gratitud. Me sentía agradecida por tener este regalo de amor en forma de un hombre, que despertaba mi interior siempre que estaba a punto de quedarme dormida.

Naturalmente, Harry no sospechaba nada. Estaba ocupado contando dinero, cenando a las seis, bebiendo güisqui a las ocho y, al cabo de poco tiempo, cuidando de un niño. Si le preguntara, estoy segura de que diría que me quiere, igual que yo diría que le quiero a él, pero ninguno lo preguntó nunca, así que fueron palabras que nunca nos dijimos. No éramos más que un medio a través del cual lograr un objetivo. Ni siquiera estuvo presente cuando di a luz, ya que se fue a una reunión que tenía en Moscú.

—Vaya, querida, se ha adelantado, ¿no es cierto? —preguntó mientras suspiraba en el teléfono—. No llegaré a tiempo, cielo. Espero que vaya todo bien.

Di a luz a un hijo débil.

Tenía la piel pálida y rosada, los ojos cerrados y las manitas temblorosas, la vida se le iba antes de llegar siquiera.

El médico dijo que fue porque nació con un corazón débil (mala suerte, no podían hacer nada) y me dejó sola con mi hijo recién nacido en una habitación sombría y de olor amargo.

Abracé a mi hijo contra el pecho. Era un cuerpecito enfermizo al que mi corazón intentaba transmitir algo de salud. Era mi hijo. Tenía que encontrar la manera de hacer que mejorase... de hacerle feliz... Sin embargo, a cada segundo que pasaba sus latidos eran cada vez más leves y sus respiraciones, más suaves.

Entonces una luz tocó la ventana, un brillo cálido y dorado que se expandía contra el cristal helado, y cuando la abrí, Scourie entró.

Sin mediar palabra, sostuvo a su hijo en brazos y lo vistió con un pijama de ranas antes de poner la boca del niño contra la suya y compartir una respiración con él. Mi hijo tosió y empezó a llorar con fuerza y sin ningún tipo de problema, abrió los grandes ojos negros para observar la antiséptica habitación. Lloriqueaba y tosía, mientras sacudía las manos como si quisiera apartar el aire.

—Este mundo no es para él, por eso es débil —me explicó Scourie—. Su alma vive en el País de Nunca Jamás.

Cargó al niño vestido con el pijama y lo roció con polvo de hadas antes de usar lo que le quedaba para hacer lo mismo conmigo—. Vamos, Wendy. Tenemos que llevarlo a casa antes de que sea demasiado tarde.

—Con el niño en brazos, Scourie se dirigió hacia la ventana, hasta que vio mi sombra, inmóvil, en la pared. Se dio la vuelta y me instó—: ¡Vuela, Wendy! ¡Vuela ahora!

—¡No puedo! —exclamé.

Era cierto.

Ya no podía volar, el polvo de hadas se había convertido en cenizas sobre mi piel.

Se escuchaban voces en el pasillo. Habían escuchado el llanto del bebé.

Scourie se acercó corriendo a mí e intentó levantarme y cargar conmigo también, pero era imposible.

—Inténtalo de nuevo… —me rogó Scourie—. ¡Inténtalo con más ganas!

Sin embargo, cuanto más lo intentaba, más anclada estaba.

El nacimiento de mi hijo fue la última porción de magia que mi cuerpo pudo soportar. Había terminado de crecer. Ya no podía seguir viviendo entre dos mundos.

—Llévatelo —le pedí a Scourie entre lágrimas.

—No… es tu hijo… —me contestó Scourie, que me lo acercó—. No puedo separarlo de ti.

—Es *nuestro* hijo y nuestro hijo tiene que ser feliz —lo tranquilicé, mientras mi voz tomaba fuerza—. Aquí no puede crecer. Este mundo lo asfixia. Este mundo le cierra posibilidades en lugar de ofrecerle todas las que merece.

Scourie negó con la cabeza, pero yo me acerqué a mi pirata y lo abracé.

—Llévatelo —le supliqué—. Lleva a nuestro hijo al mundo al que pertenece y enséñale que fue querido. Enséñale que fue *fruto* del amor.

Las lágrimas de Scourie me caían en la cara. Me besó una y otra vez.

—Siempre —me prometió—. Siempre. Volveré a por ti. Lo haré. Algún día estaremos juntos. Seremos una familia. Ya lo verás.

Sin embargo, a nuestro hijo le estaba empezando a costar respirar, luchaba por inspirar mientras las enfermeras llamaban a la puerta de mi habitación. Scourie me besó por última vez. Luego, sostuvo a nuestro hijo contra su pecho y salió por la ventana hacia el fresco aire de la noche, y escuché a nuestro hijo jadear y respirar sin problema mientras volaba hacia el mundo al que pertenecía.

Scourie nunca volvió.

No pudo.

Mi portal hacia el País de Nunca Jamás se había cerrado, la Estrella Polar se había apagado, mi portal hacia el mundo de los sueños se había roto.

Ahora te escribo esta carta antes de soltarla en el mar, porque espero que un día, cualquier resquicio de magia que quede en mí haga que mis palabras te encuentren allá donde estés, ya que tú siempre estás presente en mi corazón, al igual que el dolor de saber que no puedo verte crecer y la alegría de saber que tienes un padre que te dio la vida, del mismo modo que él una vez me la dio a mí. No obstante, ahora sabrás que también tienes una madre. Sabrás que se llama Wendy, que vive en un mundo lejano al tuyo e incluso que cuando ella no está a tu lado, incluso cuando no está para besarte y abrazarte, sabrás que siempre ha estado allí, contándose esta historia a sí misma para mantenerse cuerda y así poder contártela a ti algún día.

A ti, a mi pequeño vestido con un pijama de ranas, al que quiero con locura y al que le canto una canción cada noche en tu nombre.

Tu madre,
Wendy

Lee el inicio de la saga
LA ESCUELA DEL BIEN Y DEL MAL
El éxito de ventas escrito por Soman Chainani

La princesa y la bruja

Sophie había esperado durante toda su vida el momento de ser secuestrada.

Pero esta noche, todos los demás niños en Gavaldon se retorcían de miedo en sus camas. Si se los llevaba el Director, no regresarían jamás. Nunca tendrían una vida plena. Nunca más volverían a ver a sus familias. Esta noche, los niños soñaban que un ladrón de ojos rojos con cuerpo de bestia los arrancaba de entre las sábanas y ahogaba sus gritos.

Por el contrario, Sophie soñaba con príncipes.

Se veía llegando a un baile en el castillo, organizado en su honor, para descubrir que en el salón había cientos

de pretendientes y ninguna otra muchacha a la vista. Aquí, por primera vez, veía jóvenes dignos de ella, pensó acercándose. Con pelo brillante y grueso, músculos tensos que podían verse a través de las camisas, piel suave y bronceada, hermosos y atentos como deben ser los príncipes. Sin embargo, justo cuando decidía aproximarse a uno de ellos, al que parecía el más espléndido, con brillantes ojos azules y pelo blanco fantasmal, con quien viviría feliz para siempre… un martillo atravesó las paredes del salón e hizo añicos a los príncipes.

Sophie abrió los ojos: ya era de día. El martillo era real. Los príncipes no lo eran.

—Padre, si no duermo nueve horas tendré los ojos hinchados.

—Todo el mundo anda diciendo que este año serás la elegida —dijo su padre, mientras clavaba una tabla deforme sobre la ventana de su habitación, ahora completamente cubierta de cerrojos, púas y tornillos.

»Me aconsejan que te corte el pelo, que te embadurne la cara con lodo, como si yo creyera en todas esas tonterías de cuentos de hadas. Eso sí, aquí no entrará nadie esta noche. ¡De eso no hay duda! —Y asestó un golpe ensordecedor para reforzar sus palabras.

Sophie se restregó las orejas y miró con el ceño fruncido su ventana que una vez fue muy hermosa pero que ahora se había convertido en algo digno de la guarida de una bruja.

—¿Por qué a nadie se le ha ocurrido poner cerrojos?

—No sé por qué todos creen que serás tú —continuó el padre, con el pelo plateado empapado en sudor—. Si es bondad lo que ese Director quiere, se llevará a la hija de Gunilda.

Sophie se puso tensa.

—¿A Belle?

—Esa sí que es una hija perfecta —afirmó—. Le lleva a su padre platos que ella misma cocina al molino donde trabaja. Y hasta le da las sobras a esa pobre mujer que vive en la plaza.

Sophie detectó una nota de exasperación en la voz de su padre. Ella jamás había cocinado solo para él, ni siquiera después de la muerte de su madre. Lógicamente, tenía sus buenas razones para no hacerlo (el aceite y el humo le cerraban los poros), pero sabía que era un tema delicado. Sin embargo, no por ello su padre había pasado hambre. Sophie le ofrecía los alimentos que ella misma prefería: puré de remolacha, guiso de brócoli, espárragos hervidos, espinacas al vapor. Su padre no había engordado como el padre de Belle, precisamente porque no le llevaba fricasé de cordero y *soufflé* de queso al molino donde trabaja. En cuanto a la pobre mujer que vivía en la plaza, esa vieja bruja, a pesar de anunciar que tenía hambre día tras día, estaba gorda. Y si Belle era la responsable, entonces no sería tan buena después de todo: era lo peor de lo peor.

Sophie sonrió a su padre.

—Como dices, son todas tonterías. —Salió de la cama y cerró la puerta del baño de un portazo.

Examinó su rostro frente al espejo: aquel despertar brusco había hecho mella. Su pelo, largo hasta la cintura como hilos de oro, no lucía su brillo habitual. Sus ojos color verde jade parecían cansados, sus labios seductores estaban un poco secos. Hasta el brillo de su piel sedosa se había apagado. *Pero sigo siendo una princesa*, pensó. Su padre no se daba cuenta de que ella era especial; su madre, por el contrario, sí que lo sabía.

«Eres demasiado hermosa para este mundo, Sophie», le había dicho con su último aliento. Pero su madre había partido hacia un lugar mejor, y ahora Sophie también lo haría.

Esta noche la llevarían al bosque. Esta noche empezaría una vida nueva. Hoy mismo comenzaría a vivir su cuento de hadas.

Pero primero su apariencia tenía que estar a la altura.

Para empezar, se frotó por la piel huevos de pez, que olían a pies sucios pero evitaban las manchas. Luego se untó el cutis con extracto de calabaza, se enjuagó con leche de cabra y se empapó el rostro con una máscara de melón y clara de huevo de tortuga. Mientras esperaba que la máscara se secase, Sophie hojeó un libro de cuentos y bebió zumo de pepino a sorbos para mantener su piel suave. Se fue directamente a su parte favorita del cuento, donde la bruja rueda cuesta abajo en un barril lleno de púas y lo único que queda de ella es el brazalete hecho de huesos de niños pequeños. Mientras contemplaba el horrible brazalete, la mente de Sophie se puso a pensar en los pepinos. ¿Y si no hubiese pepinos en el bosque? ¿Y si otras princesas habían agotado las reservas? ¡Qué sería de su vida sin pepinos! Perdería su frescura, se marchitaría…

Cayeron trozos de melón seco encima de las páginas. Se miró la frente arrugada de preocupación en el espejo. Primero no había dormido el tiempo suficiente, y ahora le salían arrugas. A este ritmo se convertiría en bruja antes de que terminara la tarde. Relajó el rostro y dejó de pensar en hortalizas.

En cuanto al resto de la rutina de belleza de Sophie, podría llenar decenas de libros de cuentos. Basta decir que el proceso incluía plumas de oca, patatas en conserva, pezuñas de caballo, crema de castaña y un frasco de sangre de vaca.

Dos horas de preparativos más tarde, salió de su casa con un hermoso vestido rosa, zapatos brillantes y el pelo recogido en una trenza impecable. Tenía solo un día antes de que llegara el Director y pensaba aprovechar cada minuto para recordarle por qué debía secuestrarla a ella y no a Belle ni a Tabitha ni a Sabrina.

Las primeras cinco novelas de la saga La Escuela del Bien y del Mal debutaron en la lista de *best sellers* del *New York Times*. La serie vendió más de 2 millones de copias, fue traducida a más de veintinueve idiomas en seis continentes y tuvo su adaptación audiovisual por Netflix. Graduado en la Universidad de Harvard y en el MFA Film Program de la Universidad de Columbia, Soman ha creado filmes que han participado en más de 150 festivales en todo el mundo y sus escritos han recibido galardones de Big Bear Lake, the CAPE Foundation y Sun Valley Writer's Conference. Cuando no está escribiendo, Soman es un apasionado jugador de tenis que nunca ha perdido un partido de dos sets en diez años... hasta que empezó a escribir La Escuela del Bien y del Mal. Ahora siempre pierde.

¿TE GUSTÓ ESTE LIBRO?

Escríbenos a

puck@uranoworld.com

y cuéntanos tu opinión.

ESPAÑA 📘 /MundoPuck 🐦 /Puck_Ed 📷 /Puck.Ed

LATINOAMÉRICA 📘 🐦 📷 /PuckLatam

📺 /PuckEditorial

¡Gracias por vivir otra
#EXPERIENCIAPUCK!